CB128619

HOMENS DO SUL

HOMENS DO SUL

Zukiswa Wanner

tradução
Julio Silveira

NOTA DOS EDITORES

Em respeito ao estilo da autora e à riqueza linguística da África Meridional, decidimos manter, sempre que possível, os termos em seus idiomas originais.
Um glossário ao fim do livro oferece a tradução, quando necessária. Incluímos ainda notas para contextualizar referências históricas e culturais da África do Sul.

Ao homem que acredita que sou a mais bela moça do mundo, J. Hintsa Mnukwa. Que continue a acreditar a vida toda. E, mais importante, espero que você nunca deixe uma coisa insignificante, como o destino, ser um obstáculo para seus sonhos e sua felicidade.

Colorful Three

Não há dor maior
Que a de não ser amado
A de ser indesejado
Entre os seus
Em sua terra
DON MATTERA, Degrees

MFUNDO

1

Mzilikazi me apresentou à Slindile no domingo, 11 de fevereiro de 1990. Uma data insignificante para os outros, talvez, mas para minha alma artística, um sinal de que a gente era destino. Mandela foi libertado no dia em que conheci Sli. Coincidência? Acho que não. Os deuses da África estavam claramente dizendo que, assim como o país estava prestes a mudar, minha vida também mudaria.

Aquele foi um dia intenso. Até minha mãe, que normalmente é cheia de regras, não reclamou quando eu e meus amigos fumamos um *zol* sentados no gramado. Foi nesse clima tranquilo e animado que Mzi apareceu no nosso quintal apertado com Sli. Ela era... ok. Nada demais de bonita, mas o que lembro dela, mesmo naquela época, é que ela era diferente. Estava vestida em sintonia com o grande dia: um vestido preto e amarelo e um lenço verde na cabeça — já usando a moda para fazer declarações políticas, aos 15 anos de idade.

Tem gente que me pergunta por que, quando conto a minha vida, sempre começo pelo dia em que conheci Sli. Por que não falo da infância ou dessas coisas que as pessoas contam quando escrevem suas memórias, suas biografias ou seja lá o que você acha que estou fazendo aqui.

Não tem muito o que contar.

Minha mãe era professora. Meu pai era advogado, formado naquele bastião da educação negra do século 20: a Universidade de Fort Hare. Talvez, se tivesse nascido em outra época, em outro lugar, ele teria sido um advogado bem-sucedido e a gente teria levado uma tranquila vida de classe média-alta. Mas não foi o caso. Ele era um negro, nascido e educado na África do Sul do apartheid, e teve que se virar como escrivão porque ser advogado não pagava as contas. Ainda assim, estávamos melhor do que muita gente. Talvez não fôssemos uma família de classe média no sentido financeiro exatamente, mas com certeza éramos no contexto do nosso bairro, Orlando West. Éramos, como diziam os vizinhos, uma família "respeitável" — até meu irmão mais velho nos envergonhar com o jeito dele.

Éramos três filhos. Eu era o do meio, com um irmão mais velho e uma irmã mais nova. Uma infância comum: acordava, ia para a escola, passava os dias com meu melhor amigo Mzilikazi, que morava em Dube. Um dia, meu irmão Sindiso decidiu que não iria mais estudar porque havia encontrado um jeito rápido de ganhar dinheiro. Contou para os nossos pais durante o jantar:

— Papa, mãe, acho que é melhor eu largar a escola.

Meu pai ficou pasmo. Olhou para ele sem falar nada, mas a cara dele dizia tudo. Minha irmãzinha Buhle ainda era pequena, mas nós dois afundamos nas almofadas do sofá da sala, ao ouvirmos o pronunciamento de Sindiso. Ele estava ferrado...

Foi minha mãe quem conseguiu falar primeiro:

— *Uthini*? — perguntou, como se não tivesse ouvido.

— Eu disse que acho que é melhor eu largar a escola. — ele repetiu, sem nem piscar. Eu fiquei com medo por ele, mas ao mesmo tempo senti um orgulho danado. Encarar nossos pais assim?

Meu pai olhou firme para ele:

— Cala a boca e para de falar besteira. Você vai para a escola, vai terminar o ensino médio e depois vai para a universidade, que é o que tem que ser feito. Chega dessa conversa idiota.

O duelo estava armado.

— Papa, eu não estou pedindo, estou avisando — Sindiso respondeu, desafiador.

Meu pai se levantou do sofá — o *sofá dele*, no canto esquerdo da sala do nosso casa do bairro. Tirou o cinto devagar e falou:

— Você está me avisando? *Está me avisando*?! Agora se acha homem nessa casa só porque foi circuncidado, não é? Quem você pensa que é para falar assim comigo?

Levantou o tom enquanto atravessava a sala e vencia a distância entre ele e Sindiso (que é, como sabem todos que visitaram uma casa de township, de uns dois metros).

Meu pai era a lei na nossa casa. Ninguém nunca tinha respondido para ele daquele jeito. Ele levantou o cinto, mas meu irmão se ergueu e o segurou antes do golpe.

— *Hhayi no,* papa, não — disse Sindiso, olhando direto nos olhos dele, sem desviar.

Meu pai deve ter entendido ali que não estava mais falando com um menino, mas com outro homem. Abaixou o braço, de modo resignado. Minha mãe tentou intervir para evitar o desastre.

— O que você vai fazer sem educação, hein?

— Que educação, mãe? Educação *bantu,* para ensinar a gente a ser escravo de branco? Um amigo meu pinta carros e me chamou para trabalhar com ele. Eu já ando fazendo isso, e sou bom. Pelo menos não vamos precisar trabalhar para branco nenhum e, daqui a uns anos, monto meu próprio negócio.

Meu pai balançou a cabeça, derrotado:

— Quer ganhar dinheiro fácil! Ninguém ficou rico sem estudar. — (É até bom que ele não tenha vivido para ver os *pop stars* e jogadores de futebol de hoje.)

— Papa, o senhor estudou e olha onde está agora. Isso é ser rico? *"Ja meneer, nee meneer"* — zombou meu irmão.

Agora foi a vez da minha mãe se levantar. Ela deu uma bolacha na cara dele, com a mão cheia. — Como você ousa falar com seu pai assim? Cai fora da minha casa. Agora mesmo!

Meu pai ficou aliviado com o apoio e emendou:

— *Ja,* vaza, e não volta. Se nesse casa você não quer estudar nem trabalhar...

Eu, baixinho:

— Mas papa, ele quer trabalhar...

Os dois se viraram para mim e gritaram:

— *Voetsek wena*, cala a boca!

E então, apontando para a porta:

— *Wena msunu ka nyoko*! Sai!

Como eu disse antes, minha família era respeitável, e meu pai levava "respeito" muito a sério. Nunca o tínhamos ouvido xingar. Aquilo nos chocou a todos. Lembro do rosto meio confuso de Sindiso, que logo se recompôs e foi embora como se não fosse nada demais. Buhle e eu apertamos firme a mão um do outro, sem entender o que tinha acabado de acontecer. Eu tinha dez anos, Sindiso tinha 16 e Buhle, seis.

Sindiso foi morar na casa de um amigo, ali perto. Minha mãe levava comida escondida para meu irmão, mas, para o meu pai, ele estava morto. Foi aí que meus pais colocaram todas as esperanças em mim e Buhle.

Ser o filho do meio tinha suas vantagens: eu fazia o que queria, porque toda a atenção caía sobre os outros dois. Mas agora me vi obrigado a fazer aulas de música, porque era ruim em matemática e alguém disse a minha mãe que aprender um instrumento musical ajudava a desenvolver o raciocínio lógico. Nunca me tornei um Isaac Newton, mas me apaixonei pelo trompete — uma tragédia para minha mãe, que até hoje acredita que um artista precisa de emprego "de verdade".

Buhle compensava qualquer falha que eu tivesse. Começou a ler aos quatro anos e era absurdamente competitiva. Desde que entrou na escola, gostava de esfregar na cara dos nossos pais como suas notas eram melhores que as minhas. Para me vingar, contei para todas as suas amigas que ela ainda fazia xixi na cama.

Essa rivalidade de infância tornou-se um antagonismo para o resto da vida. Claro, todo mundo acha que somos irmãos amorosos, e a gente até defende um ao outro quando a coisa aperta... mas adoramos nossas pinimbas internas. Ela sabe que, por mais que se dê bem na vida, eu vou ser sempre o queridinho da mamãe. E eu sei que, por mais que me esforce, ela sempre será mais inteligente que eu. Somos nêmesis secretos.

Um tempo depois de sair de casa, meu irmão mais velho foi para o exílio como militante do Congresso Pan-Africanista. Sim, naquela época ainda não havia nada de errado com o PAC. Viva o Pan-Africanismo! Mas Sindiso não foi por ideologia. Era mais porque estava "libertando" carrões dos membros mais abastados da sociedade e os revendendo em desmanches, e a polícia estava começando a farejar. Como quase todo mundo da Orlando West Extension, ele era Charterista,[1] mas um recrutador do PAC apareceu quando ele bebia com um amigo do outro lado da ponte, em Orlando East, reduto dos Africanistas. Ele viu a salvação ali. Quando os tiras bateram lá em casa procurando meu irmão, já tinha sumido.

Quando meu pai soube do exílio, zombou:

— Exílio? Sempre soube que esse menino não ia dar em nada. Pelo menos teve o bom senso de fugir... embora só os idiotas vão para o PAC.

Meu pai era simpatizante da Frente Democrática Unida, ligada ao ANC, como todo mundo ali. E foi justamente essa simpatia que nos deixou sem pai. Quanto mais apertava o cerco do Botha[2] sobre os ativistas anti-apartheid, mais engajado ele ficava. Um dia, quando eu tinha 13 anos, ele desapareceu. Ninguém sabia o paradeiro. Mas diziam que um certo agente da Special Branch[3] — que era negro, não branco — sabia muito bem o que se passara. Esse cara nunca prestou depoimento na Comissão da Verdade e Reconciliação[4] porque, no momento certo, alinhou-se com o ANC. Foi só carregar umas sacolinhas, lavar uns pés, dizer que achou Deus e pronto: absolvido dos assassinatos. Malditos camaradas magnânimos. A política é uma *kak*, meu irmão...

E foi assim que eu, aos treze anos, virei "o homem da casa". Era um papel que eu levava a sério; que minha mãe incentiva... e que Buhle não suportava.

Difícil foi entender o que exatamente era "ser homem" já que, ali no bairro, isso não estava bem definido. Havia dois tipos. Os folgados, que me mandavam comprar cigarro no mercadinho e que ficavam bebendo o dia inteiro. E os "pais de família" como o meu e o do Mzi, que cuidavam da casa e chegavam em ponto, mas esses eram ditadores. As esposas tinham medo, os filhos tinham medo. Nunca quis seguir nenhum desses modelos. “Onde é que eu vou encontrar um exemplo de homem”, perguntei um dia a Mzilikazi, “quando só vejo esses daí?”

Mas eu tentava fazer minha parte. Com meu pai fora, a grana apertou. Passamos a comer mais *mngqusho* do que o normal. *Mphokoqo* e *maas*, que eram lanchinhos, viraram refeição. E eu, junto com Mzi e um cara que minha mãe contratou, começamos a vender *amalahle* (carvão) nos bairros sem luz, para ajudar nas contas.

Tem gente que me pergunta por que, quando conto a minha vida, sempre começo pelo dia em que conheci Sli. É simples: os acontecimentos da infância não são minha história; são a história do meu pai e do meu irmão; talvez sejam também da minha mãe, e do que ela sofreu.

Eu só comecei a viver de verdade no dia em que conheci Slindile.

O dia em que me apaixonei, aos 17 anos, pela mulher que nunca deixarei de amar — esse sim foi o momento definidor. De certa forma, como no caso daquele talvez o mais famoso preso político do mundo todo, minha vida também só começou a ser minha de fato em 11 de fevereiro de 1990.

2

Sli sabia como me provocar desde o primeiro instante. Lembro da primeira vez que a vi, quando falei:

— *Unjani sista, zol?* Tudo bem irmã, vai aí um *zol?* — meio desajeitado, oferecendo o baseado que estava fumando.

— Não, obrigada. Não fumo. E vocês, como vão? — ela respondeu.

— Ei, China, essa aí não entra nessa não. É boa moça e tudo mais. *Magents,* essa é a Sli. Sli, esse é o China, Tshepo, Mzo...

Não lembro mais quem estava lá.

Na época, me chamavam de China, como até hoje, por causa dos meus olhos puxados. Vai saber, talvez tenha algum imigrante chinês na minha árvore genealógica, lá por alguma bisavó. Mas, quando era mais novo, não pensava assim — e teve uns moleques da *kasie* que ganharam olho roxo por me chamarem de China. Hoje em dia, já não me importo. No meio musical, tem gente que nem sabe que meu nome de verdade não é China — talvez, se um dia eu lançar um disco, use meu nome de nascimento como nome artístico. Sou nascido e criado em Soweto, e por aqui é normal ter gente chamada Nomachina ou Nomaindia, então, quem sou eu para brigar com a interculturalidade? China sou eu. Mas meu nome mesmo é Mfundo Dlamini.

Respondi:

— *Ndigrand sista,* estou na boa, irmã — como se ela estivesse falando só comigo, quando na real falava com o grupo todo.

Tinha tanta coisa que eu queria perguntar para ela ali, mas com tantos abutres em volta, achei melhor fazer o tipo desligado, desinteressado. Era assim que se ganhava a garota. Então, naquele dia, só perguntei se ela queria uma cerveja Hunter's Gold.

Eu estava no segundo ano.

Mzi e Sli moravam em Dube, eu em Orlando West Extension. Naquele tempo, ainda com 17 anos, tudo o que eu queria era ser o Hugh Masekela da geração "Free Mandela". E Sli, já naquela época, dizia que queria estudar Medicina depois do colégio. *Médica,* não enfermeira.

Fiquei pensando nela depois. O que foi uma surpresa para mim, já que na época tudo o que me importava era onde conseguir o próximo baseado, minha música, e quem ia me bancar a próxima latinha de Hunter's Gold. Quando lembro de quem eu era, só consigo sacudir a cabeça: era *isso* o que eu queria da vida? Não tinha muitos bons exemplos de homem para os garotos do gueto. Olhando agora, acho que ela ficou na minha cabeça porque era a garota mais classuda que eu já tinha conhecido. Não a mais bonita, entenda, nem a de corpo mais chamativo, mas a mais classuda. Era alguma coisa no jeito como ela se portava. Algo no jeito como segurava uma lata de Hunter's Gold, como se fosse a mais delicada taça de champanhe. Eu estava apaixonado. Naquele instante, o destino carimbou: ela era para mim.

Pouco tempo depois de eu a conhecer, começamos a sair juntos. Um dia, minha mãe me viu andando com ela e me deu uma bronca daquele jeito típico das mães do *kasie*, orgulhosas de ver o filho com uma "boa moça":

— *Wee Jama ka seJadu* — disse, apresentando-me com meu nome de clã — vê se não vai estragar essa menina. Ela não estuda no Sagrado Coração?

Como se estudar numa escola particular mudasse tudo. Mas talvez mudasse mesmo. Sli era diferente. Talvez fosse por ter sido criada pelos tios. O tio era médico, tinha seu próprio consultório. A tia trabalhava no setor privado, quando quase todo mundo dependia da prefeitura ou dos brancos para conseguir emprego. Diziam, nas vizinhanças de Dube e Extension, que a tia chegou a fazer curso no exterior por um ano (depois descobri que foi no Lesoto). E então tinha a própria Sli: sua mãe a deixou ainda bebê com os tios para aprimorar seus estudos no exterior. Virou médica, voltou rapidamente quando suspenderam as sanções, mas o Partido percebeu que ela era boa e logo a enviou para o Reino Unido como diplomata.

— Ah, mãe, ela é só minha amiga, o que você está dizendo? — respondi, mas fiquei satisfeito de ver que minha mãe tinha notado meus altos padrões.

Mas não rolou nada entre mim e Slindile naquela época. A gente perdeu contato um ano depois, quando eles se mudaram para Protea North. Tentamos. Cheguei a visitá-la uma ou duas vezes, mas isso precisou ter um fim. Protea North não era Dube. Se Dube era classe média negra, Protea North era classe média alta. Era melhor sair de cena logo, antes que algum mauricinho de lá a tomasse para si. Na última visita, percebi que eu não estava à altura e virei o jogo fazendo parecer que o problema era ela: que ela não me amava nem para me dar um beijo. Ela era tão inocente que sua noção de "beijo" foi me dar um selinho nos lábios, sorrir e dizer "pronto".

Não pude acreditar.

Ainda mais sabendo que no meu bairro havia um monte de garotas dispostas a me dar tudo. Uma até deu para mim e para o Mzi juntos por um tempo.

Fiquei mais indignado ainda porque, na véspera da visita, eu tinha ligado para ela na casa do tio — do nosso telefone recém-instalado — e terminei a ligação dizendo, todo galante:

— Eu te amo.

E, para minha surpresa, ela respondeu. Não com um "ah, tá", mas com um:

— Eu também.

Sorri e perguntei:

— Você também o quê?

— Te amo — respondeu e desligou rapidinho.

Então claro que, quando ela aceitou me ver, eu tinha direito a esperar mais que um selinho. Mas não. Aquela ali era uma puritana. *Estranho para uma menina do* kasie, *pensei.* Terminamos. E nenhuma garota depois dela foi suficiente — pelo menos, não na opinião da minha mãe. Por mais educadas que fossem, por mais que ajudassem a lavar a louça ou a roupa, minha mãe achava que eu havia feito mal em deixar a Sli escapar.

Devo admitir que fiquei um tanto intrigado quando recebi uma carta dela, vinda da Inglaterra, alguns anos depois, quando eu estava estudando engenharia de som. Ela estava de férias da faculdade e me deu seu endereço na Cidade do Cabo. Não respondi. Na época, eu estava namorando a irmã do Mzilikazi e, no meu entendimento, se fosse para ser Sli, seria ela. E ela daria um jeito de voltar.

E voltou mesmo.

Dessa vez, formada em Medicina pela UCT. Eu já trabalhava como técnico de som na TV pública e tocava como músico nas horas vagas. Tinha até participado do CD de um artista internacional, tocando trompete. A irmã do Mzi já estava no passado há quatro anos e tinha dois filhos (não meus, vale dizer).

Num sábado qualquer, fui para o bar do Thula, como sempre. Algum tempo depois, ela entrou com Mzi. Foi como se os anos não tivessem passado. Ela estava mais confiante, e eu a desejei como havia desejado antes. Acabamos a noite num canto, só nós dois, virando garrafas de Hansa. O resto, como dizem, é história. Voltamos a sair: agora, como adultos. Quando eu estava com ela, sentia-me o cara mais sortudo do mundo. Ela era médica, podia escolher quem quisesse, tinha casa própria. O que teria visto em mim? Nunca analisei demais. Só estava feliz por ela preferir estar comigo e não com qualquer outro.

Eu ainda morava com minha mãe. Sim, sei o que você vai perguntar: por que os caras do *kasie* não saem de casa quando começam a trabalhar? Eu poderia dizer que era para cuidar da minha mãe... mas você não ia acreditar. Então, digo o outro motivo: não há motivos para sair de casa. Sem contas a pagar (exceto as do carro), comidinha pronta não importando a hora que eu chegasse. E o puxadinho nos fundos dava privacidade para receber os amigos. Quem quer abrir mão disso?

Mas a privacidade não era total, como Sli e eu descobrimos. Ela respeitava tanto minha mãe que só entrava em casa para passar a noite comigo quando via as luzes apagadas. E saía antes de ela acordar. Ridículo para dois adultos, mas é o que acontece quando o homem decide morar com a mãe depois dos 18. Certa manhã, no entanto, nossas circunstâncias estavam para mudar.

Pedi para minha mãe me acordar mais cedo, queria dar uma olhada num problema no carro antes do trabalho. Sli não tinha ido embora, e, por algum motivo insano, minha porta estava destrancada.

Minha mãe bateu na porta, abriu... e deu de cara com a Sli em cima de mim, no meio do... ato.

Ya. Eu sei.

Ela não conseguiu olhar na cara da minha mãe por dois meses depois disso. Mas, nesse ínterim, fomos morar juntos. Quer dizer, fui morar na *townhouse* da Sli em Rembrandt Park, presente de formatura de sua mãe. Bem perto do Hospital Edenvale, onde ela trabalhava.

Éramos uma das únicas quatro famílias negras num condomínio com 90 casas. Mas, como diz o VJ Sizwe da MTV, "se na quebrada é real, no condomínio é mais legal".

Segurança firme. Nada de visitas surpresa esperando hospitalidade estilo *ekasie*. O zelador era branco (queria que meu pai estivesse vivo para ver isso!). E, mesmo que não tivéssemos telefone fixo, a Telkom ainda mandava listas telefônicas anuais — o que, como qualquer fumador de *zol* sabe, não é tão bom quanto papel Rizla, mas melhor que jornal para bolar.

Tínhamos o carro "dele" e o carro "dela".

Eu tinha a garota. Minha carreira musical estava prestes a decolar (três gravadoras interessadas, eu só tinha que escolher). E, por conta dos contatos no meu trabalho fixo, eu tinha acesso às festas mais quentes de Joanesburgo.

Minha mãe estava toda orgulhosa por eu ter me dado conta da joia que era a Sli, e vivia me perguntando quando deveria chamar os tios para pagar o *ilobolo*. Nada parecia capaz de me parar.

E então, veio o baque.

3

Às vezes, você acha que conhece uma pessoa melhor do que conhece a si mesmo — ou pelo menos tão bem quanto —, e aí acontece uma coisa que te faz perceber: talvez você não saiba nada. Eu parecia estar num comercial da LG: Life's Good. Estava tudo tão certo, e então, com um único episódio, tudo começou a desmoronar. Meu irmão, meu melhor amigo, *inja yam',* meu parceiro de correria, o cara que eu achava conhecer como a palma da minha mão... estava casado havia dois anos. Sim, estou falando do Mzilikazi. Ele tinha se casado com uma mulher do mundo corporativo chamada Siyanda. Metida, ambiciosa demais, forçada e, ainda por cima, evangélica de carteirinha. Eu devia ter ficado preocupado logo de cara. Mas, claro, a gente só enxerga direito quando olha para trás.

Lembro de ter perguntado no chá de despedida de solteiro que eu organizei para ele:

— Você tem certeza de que quer mesmo isso, cara? Siyanda é meio... diferente.

Ele deu uma risada que não foi bem risada:

— Claro que ela é diferente. Por isso mesmo que eu vou casar com ela. Por quê?

— Sei lá, mano. Eu te conheço. Tua cara parecia mais animada quando a gente tava nervoso com nossa primeira vez, lembra daquela mina?

Aí quebramos o gelo. Rimos.

— Como esquecer? — ele respondeu. Depois, mais sério: — Mas China, a gente cresce, né? E acho que Siyanda é isso. Ela é estável, tem um bom emprego, e vai ser uma boa esposa e mãe. Isso que importa, não é?

Ele terminou com uma pergunta.

Ou seja... o cara nem tinha certeza. Eu devia ter impedido ali. Mas não. Passamos a noite relembrando o passado, e ele me perguntou quando eu iria casar.

— Cara, você sabe que eu casava com a Sli amanhã se ela topasse. Mas ela vive dizendo que não acredita em casamento. Que casamento estraga tudo.

— *Ya*, claro. Você tinha que arranjar justo a única mulher tão cínica quanto você. Mas acho que é por isso que você ama tanto ela. Porque ela não se deixa prender. É um desafio para sua alma de artista.

Fiz minha parte por Mzi (ou melhor, como eu então pensava, por Siyanda). Fiquei lá, ao lado dele, no altar. Aguentei meia tarde numa igreja pentecostal quando os filhos começaram a nascer e foram batizados. Eu e Sli não podíamos ser padrinhos — a igreja exigia que fôssemos membros —, mas estávamos sempre presentes. Difícil não estar, né? Morávamos no mesmo condomínio.

E aí veio a bomba. Descobri que eu não conhecia meu melhor amigo como achava. E não dava para fugir dele e pensar no assunto com calma como eu gostaria. Tive que fingir naturalidade. Tive que agir como se fosse tudo perfeitamente normal. Ou tão normal quanto pode ser descobrir que o cara que cresceu com você e foi seu melhor amigo por mais de vinte anos possui, para dizer de um modo educado, orientação sexual homoafetiva.

E justo com a última pessoa que eu imaginaria. Pior ainda: já rolava desde antes do casamento! *Eish.*

É nesse momento que você percebe que não conhece ninguém de verdade. Tipo... o Tshepo?

Tshepo era o cara marrento do bairro, que xingava todo mundo de *isthabane* se parecesse mole com alguma coisa. Tinha um monte de filhos com diferentes mulheres, que ele chamava de "vagabundas". E ele... bissexual? E com o Mzi?

Então você pensa: "ah, mas você é artista, deveria ter percebido." Juro, nunca notei nenhum sinal. Ok, o Mzi era meio tímido com as meninas no começo — por isso mesmo eu precisei dividir com ele minha primeira experiência sexual. Mas depois que entrou na UCT virou o garanhão do bairro, pegava quem ele quisesse.

Agora eu penso naquela primeira vez. Será que ele estava excitado... comigo, e não com a menina?

Eu sei. Não deveria pensar assim — a Sli mesma me falou: ele continua sendo o mesmo cara, a sexualidade dele é uma questão só dele. Mas, ainda assim... a cabeça viaja, *uyazi*?

Enfim, naquele dia estávamos sem nada para fazer e decidimos ir a um *braai* na casa do Tshepo. Quem chamou? O próprio Mzi. Vai entender.

Em certo momento, Tshepo falou que precisava pegar mais cerveja e chamou Mzi para ajudar a carregar os engradados. Nada demais. Eu provavelmente nunca teria descoberto nada se eles não demorassem tanto. Foi então que comecei a suspeitar que o Tshepo, sendo o pilantra que era, devia ter escondido uma garrafa de Jack Daniels no quarto e estava dividindo com o Mzi, sem querer compartilhar com o resto.

Resolvi ir atrás. Ia pegar um gole, ajudar com as caixas, e sair com a Sli para buscar mais bebida.

Abri a porta. E percebi que definitivamente não queria um gole daquilo que eles estavam "dividindo".

Mzi e Tshepo estavam nus, abraçados.

Quando me viram, ficaram com aquela cara de jacaré alumiado, paralisados. E eu... fiquei ali um minuto, tentando entender o que estava vendo. Demorei a sair do choque. Depois fechei a porta e me forcei a andar normalmente até o carro.

Chamei Sli, entrei, fechei as janelas... e comecei a gritar.

Sli, como sempre, manteve a calma. Disse para eu respirar, ficar tranquilo. E, quando Mzi saiu, eu já tinha colocado a máscara: atuei como se fosse a coisa mais natural do mundo ver meu melhor amigo pelado com outro homem. Ele já tinha a esposa e o pai para lidar. Não precisava também do amigo surtando. Provavelmente se fecharia e eu perderia uma amizade que tinha sobrevivido a tudo — por causa dos pensamentos, admito, bem homofóbicos que estavam passando pela minha cabeça.

Porque, convenhamos: descobrir desse jeito é pesado. Sim, conheço uns caras gays, sou tranquilo com eles. Mas nenhum era meu melhor amigo. Saber da sexualidade do Mzi foi como quando você descobre que alguém querido está com HIV. Todo mundo fala de viver com positividade, de saber o status, bla bla bla... mas, quando se trata de alguém próximo, o impacto é real.

Ah, Mzi.

A gente acha que conhece alguém.

E percebe que não conhece mesmo.

Ele acabou se divorciando e foi morar na Cidade do Cabo. O pai nunca soube. Ele ainda é meu melhor amigo. Mas, olhando para trás, acho que foi ali que meu mundo começou a desandar.

4

Sli, por outro lado, continua dizendo que minha queda final teve a ver com o álcool. Segundo ela, minha família tem sérios problemas com bebida e, quando a gente passa de certo ponto, perde completamente o controle. Um dia, brava comigo, ela foi além e disse que isso vinha dos meus genes *hotnot* — embora eu ache que essa desculpa genética seja só uma forma de fugir da responsabilidade. Mas ela é médica. Deve saber mais dessas coisas do que eu. Vai ver, tem alguma razão. Afinal, uma prima minha rolou por cima do próprio bebê, de apenas três meses, e o matou — ela estava bêbada. Então vai ver Sli tem razão.

Pessoalmente, prefiro culpar minha mãe. Ela não bebia. Por que nunca nos alertou contra o álcool? Provavelmente não bebia porque sabia que havia um histórico ruim na família, certo? E, ultimamente, ando assistindo bastante à Oprah. E ela disse que culpar os pais é válido.

Mas, na maioria das vezes, culpo a mim mesmo. Foi por minha culpa que entrei numa briga com um cantor americano de R&B numa festa pós-show. Aí, pronto, falei.

Mea culpa, como diriam os católicos.

Mas, com ou sem bebida, eu faria tudo de novo. Eis o que aconteceu: eu estava numa festa com a minha mulher, muito tranquilo, quando esse cantor imbecil chega e tenta dar em cima da Sli. Ele me ignora completamente, se planta na frente dela, com aquele sorrisinho amarelo, e dispara:

— E aí, baixinha! Vamos tomar uns na minha cobertura mais tarde. Quer se juntar a nós?

As cantadas do cara eram tão cafonas ao vivo quanto no palco. Claramente, ele escrevia as próprias letras. Eu só fui ao show porque ganhei ingresso VIP, e a Sli achava que ele era bom. *Ya*, está bem.... Mas quem esse *takalani* achava que era, chegando do nada e se exibir para minha mulher, achando que, por ser dos Estados Unidos, podia desrespeitar os homens daqui?

Tentei manter a calma. Antes que Sli respondesse, falei:

— Ela está comigo, irmão.

Esperando que ele entendesse o recado. Mas não.

O cantorzinho me olhou de cima a baixo, com desprezo, e respondeu:

— Bem, se ela está contigo, ela tem como dizer isso por conta própria, não é, *dog?*

Ok. Talvez eu já estivesse um pouco alto... e com pouca paciência para babaca que não respeita mulher alheia.

Respondi alto:

— Eu não sou seu *dog*, mano. Talvez sua mãe seja. Uma cadela é o que ela é.

A essa altura, todo mundo já estava olhando, esperando o que ia rolar.

— O que você disse da minha mãe, irmão? — perguntou e, virando-se para o segurança — Esse cara falou alguma coisa sobre minha mãe, *dog*?

O segurança assentiu, incentivando.

Sli levantou e puxou minha mão:

— *Asivaye* Mfundo, deixa essa merda para lá.

— Isso aí, cara. Vai embora com sua *bitch* para não passar vergonha — disse o cantorzinho. Ele claramente não sabia com quem estava mexendo. Já havia uma rodinha em volta, todo mundo assistindo. Eu sabia que era questão de honra. O cara tinha me desrespeitado e ainda chamou a mulher que eu mais amava — que eu sonhava que fosse a mãe dos meus filhos — de *bitch*. Jozi é minha casa. E eu jamais andaria de cabeça erguida por aqui se deixasse barato. Joanesburgo já é pequena o suficiente. O que um homem faz numa hora dessas? Me digam!

Levantei, com meus 1,88 de altura, e meti um soco na cara do cantor americano, que nem viu de onde veio o golpe. O falastrão caiu feito um saco de batatas e então lembro que o pisoteei com minha bota de lona. Sli disse que foram necessários quatro caras para me tirar de cima dele. Ele ficou com o queixo partido, o que o fez cancelar os shows em Durban e na Cidade do Cabo. O produtor, figurão da indústria musical, ficou furioso. Veio até mim, saindo da festa com Sli, e gritou para todo mundo ouvir:

— Não me importa o quão bom você é no trompete. Sua carreira acabou nessa cidade, seu babaca. Vou garantir que nunca mais você toque aqui.

Talvez ali eu tenha exagerado. Empurrei ele e falei:

— Vai se foder, e foda-se seu cantorzinho americano também. Se encostar em mim de novo, vai sair pior que ele.

Logo vieram meus quinze minutos de fama.

Na semana seguinte, os programas de rádio da manhã perguntavam aos ouvintes o que achavam da briga.

Um DJ famoso perguntou:

— Quanto desrespeito um africano tem que engolir de um americano?

Depois veio uma avalanche de ligações, gente falando de turistas americanos na Cidade do Cabo. Outro DJ quis saber:

— E se fosse sua mulher, o que você faria?

E uma DJ mulher, que foi detonada por isso, lançou a pergunta dupla:

— A violência resolve alguma coisa? Num país tão volátil como o nosso, Mfundo Dlamini não deveria simplesmente ter ido embora?

Com aquela briga, aumentei a conta telefônica de muita gente na semana. O país inteiro, do Cabo a Beit Bridge, estava ao meu lado. E muitos diziam que eu era um trompetista genial, um Kippie Moeketsi reincarnado.

Só teve um problema.

Ninguém teve coragem de enfrentar o produtor, o tal Emzee. Ele tinha declarado em bom tom, na frente de todos, que eu estava acabado. E ninguém ousaria cruzar com ele. Em uma semana, tive meus quinze minutos de fama. E acabou nisso. Quer dizer, teve mais uma coisa: quando a mídia resolveu dar espaço ao Emzee, ele me colocou como "Otário da Semana" numa coluna de um jornal de domingo do qual era sócio.

Lembro bem:

Otário da Semana: Mfundo Dlamini. A violência não resolve nada. Uma mulher não é levada, ela vai, seu otário.

Como se eu não soubesse disso. Claro que sei que mulher não é propriedade. Mas homem nenhum desrespeita outro homem em público assim, na frente de todo mundo.

Se estou arrependido? Sim. Me arrependo de ter quebrado só uma mandíbula daquele *lenja leno*.

Agora eu estava bem encrencado. Minha música tinha parado. Decidi continuar treinando em casa, compondo, e tocar só na cena alternativa. Afinal, diziam por aí que o Emzee não ia durar muito. "Z3",[5] sussurravam os bem informados. Eu ia esperar. Assim que o Emzee batesse as botas, fariam fila na minha porta. Eu tinha certeza.

5

E então surgiu um feixe de luz em meio a toda a escuridão que minha vida parecia ter se tornado.

Slindile anunciou que estava grávida.

Foi a melhor notícia que recebi em meses.

Ela me contou numa manhã, enquanto assistia ao noticiário e eu me arrumava para trabalhar. Ela ia entrar no plantão mais tarde.

— A propósito, estou grávida — disse, casualmente.

Olhei para ver se era piada, mas não era.

— Tem certeza? — perguntei, com um sorriso que devia estar enorme.

Corri e a beijei. Ok, não foi planejado, mas era perfeito. Eu ia ter um filho com a mulher que amava. Como não ficar radiante?

Mais tarde, ouvi outra versão. Peguei ela dizendo para a Buhle que tinha decidido que agora estava pronta para ter um filho. Caí na risada, pensando em como a vida dos homens tinha mudado: as mulheres tinham o controle da própria sexualidade, decidiam quando ter um filho sem consultar a gente, mas que os deuses poupem os homens se não assumirem o filho depois — aí vem a fúria das mulheres e o tribunal de pensão alimentícia.

Mas naquele dia, quando ela me contou, eu estava em êxtase. Até considerei não ir trabalhar, mas ela riu:

— Ah, vai trabalhar, *wena*. Estou de dez semanas. Ainda tem muito tempo para você ficar pensando nisso.

— Dez semanas? — perguntei, surpreso. — Quando você descobriu?

— Já estava suspeitando havia um tempo, mas só tive certeza ontem à noite, quando fiz o teste com a enfermeira da obstetrícia — respondeu, com calma.

Como ela podia estar tão calma numa hora dessas? A gente ia ser pais!

— Então... bom, eu não tenho muita grana guardada, mas e se a gente fosse logo ao cartório e casasse? Depois fazemos uma festa, chamo o Mzi de testemunha, talvez a Buhle. Tenho dinheiro o bastante para pedir para o meu tio ir até sua família iniciar as negociações de *lobola*...

Ela me olhou como se eu tivesse três olhos:

— Ei, devagar. Quem falou em casamento?

— Eu estou falando, meu bem. Vamos ter um filho. O certo é a gente casar, criar essa criança direito — falei, com firmeza.

— Ahm, não, amor. Eu não estou pronta para casar — respondeu, firme também.

— O quê? — achei que tinha entendido errado.

— Eu disse, Mfundo, que não estou pronta para casar. A gente já mora junto, para quê complicar com casamento? Já conversamos sobre isso antes, lembra? Casamento complica.

Olhei para ela, percebendo que não importa o quanto a gente conviva, nunca vai entender de verdade as mulheres.

— Vamos ter um filho. Isso já não é complicado o bastante?

Ela me olhou como se eu fosse louco.

— Não. Podemos criar uma criança juntos, sem casamento. Se você está preocupado com o sobrenome, tudo bem, ela pode ter o seu. Mas não precisamos desse pacote todo de casamento. Quando for a hora, você vai saber. Aí sim, você compra um anel bonito, me pede em casamento direito, e eu aceito porque quero passar o resto da vida com você, não porque estou grávida — disse, rindo com desdém.

Não tive como argumentar. Já tinha conversado sobre casamento antes, mas nunca a propus de verdade. Talvez, de fato, agora estivesse fazendo isso pelos motivos errados. Fui trabalhar. Mas, daquele dia em diante, estava mais encantado do que nunca. Achei que já amava Sli o máximo possível, mas aquele anúncio me mostrou que o coração tem espaço para mais amor do que a gente imagina. Iríamos ter um bebê. Ela ia ter meu bebê.

A mulher com quem sempre sonhei passar a vida. Agora vocês entendem minha raiva com aquele sujeitinho que deu em cima dela na festa?

Lembro da gravidez como alguns dos meses mais bonitos que Sli e eu compartilhamos. Eu fazia compras no Campus Square no intervalo do almoço: brinquedos, roupinhas. Comprava revistas sobre gravidez e paternidade para saber o que cozinhar para ela. Pensei em ir a aulas de parto, mas Sli riu de mim. Nunca se inscreveu.

— *Tjhoo,* Lamaze? O que nossas mães faziam antes dessas aulas de Lamaze? Frescura burguesa. Daqui a pouco você vai querer cozinhar com água mineral!

Impossível discutir com ela. Esse seu jeito pé-no-chão era revigorante. Às vezes penso que ela evitava certas coisas só porque sabia que a mãe iria concordar.

Quando Sli me perguntou se eu queria menino ou menina, respondi o clássico:

— Qualquer um, contanto que venha com saúde.

Ja. Sei.

A verdade é que eu esperava que fosse uma menina. Achei que a vida seria mais fácil para ela na África do Sul. Besteira? Talvez. Já ouviu falar de "Dia de mandar o menino para escola"? Pois é. Nem eu. E mesmo assim, há mais meninos desistindo da escola do que meninas por aqui. Não me entenda mal. Sei que as mulheres enfrentam desafios reais. Mas ultimamente parece que ser homem não tem mais o mesmo prestígio de cinquenta anos atrás. Minha mãe é um bom exemplo de que ser homem não é isso tudo. Claro, ela nos criou sozinha, mas foi o jeito como criou que fez a diferença.

Sim, durante nosso tempo livre, Mzi e eu ajudávamos vendendo *amalahle,* mas na maioria das vezes minha mãe nos pagava mesada para fazer isso. Mesmo depois de ele voltar do exílio, Sindiso e eu chegávamos em casa à hora que quiséssemos, mas ai de Buhle se ela chegasse depois das seis. Seria o inferno! Então, Buhle pode ter achado que minha mãe favorecia seus filhos homens. Mas não era bem assim.

Minha mãe fez com que Buhle se tornasse mais disciplinada nos estudos e em suas atitudes, e ela foi a única da nossa família a entrar na universidade. Mamãe sempre lembrava Buhle de como os homens engravidam as mulheres e depois as deixam sozinhas, então ela deveria garantir sua própria renda. Nenhum discurso parecido era dirigido a mim ou a Sindiso.

Também havia o fato de que minha mãe sempre apontava para Buhle diversas mulheres do bairro que eram referência de sucesso e que ela deveria seguir como exemplo. E para mim e para Sindiso? Absolutamente ninguém. Então, sim, os homens ainda estão no topo das empresas e as mulheres continuam enfrentando barreiras até o topo, mas o que é melhor: ter alguns poucos homens do *ekasi* no topo ou muitas mulheres no meio conduzindo bem as suas vidas? Só para constar, quando Sindiso voltou do exílio e recebeu a desmobilização, ele não fez nada de relevante com isso e, aos 40 anos, ainda morava em casa, desempregado, reclamando de como lutou por um país que não lhe deu nada em troca. Mas isso não o impediu de sair por aí fazendo filhos. Sou tio de cinco crianças, de quatro mães diferentes. Esse é o Sindiso. E ele seria o tio do meu filho. O possível modelo de homem para ele. Já minha filha teria uma médica como mãe, uma contadora como tia, uma avó aposentada que foi professora e outra avó dermatologista.

E falando na dermatologista, ela foi a única pedra no sapato durante a gravidez da Sli. Aparecia sempre nos momentos mais inconvenientes — num raro domingo de folga da Sli, quando queríamos dormir até mais tarde, ou numa sexta-feira à noite em que tínhamos amigos em casa...

— Só para ver como minha filha está

— Para trazer um Bio-oil para evitar estrias, querida

— Achei melhor trazer umas frutas, sei que esses meninos do township só te dão *pap* e *vleis,* nada de frutas ou vegetais.

Todo mundo sabia que a mãe da Slindile, ou

— Para você é Doutora Maguga — como ela se apresentou uma vez a um amigo meu que a chamou de "mama", insinuando que eu não era bom o suficiente para sua filha. A gravidez era sua grande chance de resgatar o afeto da filha daquele rapaz que não tinha nem diploma universitário, nunca tinha saído do país e, portanto, não era "esclarecido".

Na maior parte do tempo, eu achava graça e deixava para lá, mas às vezes era difícil. Por sorte, a Sli, na maioria das vezes, via através das intenções da mãe. A mãe tinha culpa por tê-la abandonado e agora tentava compensar, embora tarde demais.

Imagine a cara da doutora quando Sli decidiu com firmeza que daria à luz no seu próprio local de trabalho, o Hospital de Edenvale.

— Olha — disse a mãe de Sli entrando em nossa casa como se fosse sua, deixando por onde passava o cheiro do Red Door da Elizabeth Arden (eu só reconheci porque minha irmã Buhle usa e já me pediu para comprar) — se for caro demais para vocês, querida, eu pago.

— Mãe — disse Sli, exasperada — eu trabalho lá. Se eu não posso confiar nos meus colegas, como posso esperar que o público confie? Você, mais do que ninguém, deveria saber disso. Foi diplomata nacional por tantos anos.

Sua mãe deu de ombros, como se não fosse nada:

— Justamente, querida. E foi por isso que larguei. Cansei da hipocrisia. Você acha que os altos funcionários do Ministério da Educação mandam os filhos para escolas públicas? Que os da Saúde vão a hospitais públicos?

Então se virou para mim e disse, com desdém:

— Querido, será que pode ser útil e ir comprar um maço de cigarros? Quero conversar com minha filha na casa dela.

Ela adorava enfatizar que eu morava na casa da filha dela.

Sli interrompeu:

— Mãe, pare com isso. Mfundo, não ligue para ela.

— Parar com o quê, querida? Só quero fumar — disse a mãe, fingindo inocência.

— Mãe, você é médica. Não acha que já passou da hora de parar de fumar? E eu estou grávida, e mesmo assim você quer fumar perto de mim. Você deveria ter consciência. E, de qualquer forma, não tem nada que você precise me dizer que não possa ser dito na frente do Mfundo.

A mãe riu sarcasticamente e sentou-se:

— Tudo bem, se ele precisa estar aqui. Então, se vocês não podem pagar por um hospital particular, como pretendem cuidar dela? É uma menina, não é?

— Com todo o respeito, senhora... — comecei a responder, mas ela levantou a mão na minha frente, num gesto de desprezo.

— Agora, Mfundo querido, não precisa se ofender. Mas todos sabemos que você é quem menos ganha nesta casa. Então talvez devesse pensar em como aumentar sua renda, para não parecer um homem sustentado — então ela se virou para a filha, dando-me as costas, e disse: — Sli, talvez devesse considerar trabalhar comigo no consultório. Estamos precisando de uma clínica geral.

Sli soltou um grito tão agudo que fez sua mãe ficar em silêncio. Quando percebeu que tinha sua atenção, falou em tom calmo:

— Mãe. Obrigada pela casa e por todo o apoio que você me deu no passado. Já te disse que não quero trabalhar na sala de cirurgia.

— Mas... — a mãe tentou continuar.

— Não terminei, mãe — e ergueu a mão. — Se quiser que eu transfira novamente o registro da casa para o seu nome, fico feliz em fazer isso. Caso contrário, por favor, não venha aqui desrespeitar o Mfundo nem ninguém que esteja aqui. O Mfundo é o pai da sua neta, lide com isso. Sei que você tem culpa por não ter me criado, mas agora está compensando demais. Mãe, vou dar à luz num hospital público porque confio nas pessoas com quem trabalho e escolhi assim, e ponto final. Alguma outra coisa?

A mãe de Sli ficou desconcertada. Não conseguia acreditar no que acabara de ouvir. Respondeu com um encolher de ombros:

— Tudo bem. Se é assim que você quer arruinar sua vida, vou deixar você com isso.

E saiu com arrogância, sem olhar para trás.

Naquele momento, fui novamente tomado de amor por Slindile, quase com a mesma intensidade de quando ela me contou que estava grávida. Acho que estava radiante de orgulho por ela ter se imposto, embora soubesse que, como sua mãe havia sugerido, talvez não conseguíssemos pagar uma clínica particular.

Num sábado de manhã, não muito tempo depois disso, enquanto tentávamos "apressar a criança" Sli teve um orgasmo tão intenso que tivemos que pegar toalhas para limpá-la. Cinco horas depois, começou a reclamar de dores na parte inferior da barriga e eu a levei para o hospital.

Uma vez, Sli me contou de uma médica que engravidou e nem sabia, e eu nunca acreditei. Naquele dia, percebi que talvez nem os médicos consigam se curar. Chegamos ao Hospital de Edenvale e, após um rápido exame, Sli apareceu sorrindo:

— Acho que não foi um orgasmo de manhã. Minha bolsa estourou.

Olhei para ela sem entender:

— E o que isso quer dizer?

— Quer dizer, amor, que você tem que correr em casa e pegar a mala que deixamos pronta esse tempo todo, porque o bebê está chegando e vamos nos tornar pais.

Dei uma risada descrente:

— Chegando? Quando?

— Pelo que ouvi do obstetra, a qualquer momento agora.

Não a levei a sério. Ela parecia calma demais. Achei que, se o bebê viesse mesmo, seria à noite. Definitivamente não era assim que as mulheres prestes a dar à luz apareciam na TV, e eu sabia — tinha assistido a vários programas para me preparar.

Depois, pensei que teria sido melhor ver menos TV e ouvir mais o que ela disse naquela manhã, porque o nosso relacionamento começou a desmoronar no dia em que nossa filha, Nomazizi Mbali Dlamini, nasceu.

Depois que saí do hospital, decidi passar em Alex e ver um amigo para tomar uma ou duas cervejas. Achei que teria tempo. Duas viraram três, e logo começou uma briga, que terminou comigo levando uma garrafada na cabeça. Voltei ao hospital, com a cabeça enfaixada, onde minha filha já havia nascido.

Mesmo meio bêbado, percebi o olhar de decepção da Sli quando entrei com a mala seis horas depois do nascimento da nossa filha. Ela tinha razão. Eu também não estava nada satisfeito comigo. Queria estar ao seu lado, segurando sua mão quando nossa filha nascesse — e falhei. E consigo entender como ela deve ter achado que preferi a cerveja e os amigos a ela e à nossa filha.

Uma enfermeira balançou a cabeça como se dissesse: "Com que marginal nossa brilhante médica se meteu?" Nunca senti tanta vergonha de mim mesmo. Quando Sli me permitiu segurar nossa bebê, já vestida com todo o enxoval da Ackerman's, e fora do lençol em que estava enrolada desde o nascimento, fiz uma promessa à minha filha: seria o melhor pai que eu pudesse ser. Dinheiro à parte, sei que cumpri essa promessa. Mas a Sli não foi tão compreensiva.

E não ajudou que, na segunda-feira após o nascimento, enquanto eu tirava minha licença-paternidade e me preparava para levá-las à casa da tia onde Sli se recuperaria, recebi um SMS do meu chefe na emissora nacional:

> *Soube do nascimento da sua filha. Parabéns de todos aqui no escritório. A propósito, por causa de você-sabe-quem, seu contrato não será renovado. Boa sorte nos seus projetos e aproveite a paternidade.*

6

***Como alguém pode** ser tão cruel a ponto de basicamente demitir outra pessoa por SMS, e ainda durante a licença-paternidade?* me perguntei. Tentei ligar para o tal supervisor só para perguntar quão diabólico ele podia ser, mas o telefone dele estava desligado. Quando liguei para o número fixo da empresa, misteriosamente ele estava "indisponível". Estava aprendendo rápido que ser um pária em Joanesburgo podia ser pior do que a morte. Joguei o celular com força na parede, em um surto de raiva, e ele quebrou. O barulho acordou minha filha e a mãe dela.

— O que foi isso? — perguntou Sli.

— Nada, o telefone caiu. Volta a dormir. Eu vou dar uma volta com a senhorita aqui — peguei a bebê e fui para a sala, tentando acalmá-la. Só mais tarde, com ela dormindo nos meus braços, percebi que provavelmente não teria como comprar outro Blackberry agora que estava sem salário. Ri, sem humor, ao pensar na minha vida naquele momento. *Quando finalmente chove na minha horta, é uma tempestade braba.*

Não era a primeira vez que eu pensava que deveria ter feito um sacrifício e conversado com meus ancestrais desde o episódio com aquele americano idiota que, em parte, tinha causado minha desgraça e agora estava, dizem, com disco duplo de platina. Pena que minha mãe era cristã demais para permitir um *umsebenzi* na casa da família.

Durante pelo menos três semanas após perder o emprego, não contei nada para Sli. Dizer à sua parceira que você foi demitido é uma das coisas mais difíceis do mundo. Fiquei ensaiando mentalmente como contaria. Nesse meio tempo, comprei um celular baratinho e comecei a ligar para todas as minhas conexões para ver se alguém sabia de alguma vaga — sem sucesso. Respondi a todos os anúncios que encontrei no Jobmail, na internet, nos jornais... nada. Eu tinha esperança de arrumar algo antes que Sli voltasse para casa e curtir o resto da licença. A ideia era conseguir qualquer coisa e dizer: "cansei da televisão pública, arrumei outro trampo". Se eu tivesse um emprego, ela não teria do que reclamar. Fácil na teoria. Na prática...

De repente, todos aqueles amigos que viviam lá em casa bebendo sumiram. Justo quando eu estava quase me resignando em contar tudo para Sli, o Mzi me liga da Cidade do Cabo.

Você não imagina o alívio que foi essa ligação. Eu já estava ensaiando mil formas diferentes de contar que estava desempregado. Será que eu começava preparando um jantar gostoso, seguido de um bom sexo, e então eu soltava no pós-coito tipo "ah, e só para constar, perdi o emprego"? Ou será que dizia num tom macho e decidido: "Perdi o emprego, e daí?" Ou, quem sabe, adotava a desculpa de vítima do sistema e falava de conspiração e de como o supervisor armou tudo para o sobrinho dele ficar com o cargo?

— E aí, Mzi, beleza? — atendi.

— Estou bem, *man*. Conseguiu alguma coisa? — perguntou ele. Era meu amigo mais antigo e o único que ainda estava por perto agora que a merda tinha batido no ventilador.

— Bem que eu queria! — A essa altura eu até toparia ser garçom, se não fosse o medo de ser visto por uma das amigas da Sli... ou pior, pela sua própria mãe.

— Perfeito então. Tenho exatamente o que você precisa. Conversei com a gerente de RH da AfriAID. Ela me deve uns favores. Estão precisando de alguém para cuidar de umas tarefas administrativas. Assistente administrativo, algo assim. Foi o melhor que consegui em tão pouco tempo. Manda teu currículo. Já avisei que você vai entrar em contato. Melhor do que nada, né?

Eu não era exatamente o perfil "recepcionista" ou "pessoa administrativa", mas àquela altura... estava desesperado.

Enviei o currículo logo depois de falar com o Mzilikazi, e a tal amiga dele foi gentil o bastante para me ligar menos de uma hora depois, marcando a entrevista.

No dia seguinte — uma sexta-feira, lembro bem, e véspera do retorno da Sli — eu já estava lá, no antigo trabalho do Mzi, em Newtown.

A entrevista correu bem.

— Tenho que dizer, você está superqualificado para essa vaga — comentou a gerente de RH, Maki.

— Pois é, Maki... mas se eu tiver que esperar por um emprego para o qual sou exatamente qualificado, nem para mais nem para menos, vou acabar passando fome. E minha filha vai ficar sem fralda por semanas.

Ela riu. Tivemos uma ótima conexão. Eu trabalharia feliz com aquela mulher.

— A gente precisa que você comece segunda-feira. A recepcionista saiu de repente. Dá para você?

Será que dava? Dava, claro!

Ela começou a me apresentar ao pessoal da equipe.

— Nosso Secretário-Geral não está hoje... talvez até melhor assim, viu?

— Sério? Tão ruim assim? — brinquei.

— Você não faz ideia — disse ela, rindo.

Eu estava decidido a ser o melhor assistente administrativo que aquele lugar já tinha visto. Agora tinha uma filha. Talvez não pudesse dar tudo o que a pequena Noma quisesse, mas daria tudo que ela precisasse — nem que fosse empurrando papel por dez anos.

Eu estava pronto. Já tinha me preparado mentalmente para isso. E teria feito.

Mas, na saída, esbarrei com um sujeito da minha altura, pele escura, corpulento, com um olhar que só faltava gritar "Big Brother está de olho em você". Se Big Brother fosse negro no *1984* do Orwell, teria exatamente aquele olhar. Eu reconheceria aquele homem em qualquer lugar. Ele tinha causado horrores à minha família.

Entrei em pânico, fiquei tonto, e perguntei para Maki, que me acompanhava até a porta:

— É ele?!

Maki riu.

— Hahaha, agora acredito mesmo que você é lá da Extension. Bem-vindo à Nova África do Sul.

— Mas... o que ele está fazendo aqui? — ainda perguntei, atordoado.

— Esse aí, Mfundo, é o nosso Secretário-Geral. O homem que vai ser seu Camarada Líder, para usar o dialeto das ONGs — respondeu, parecendo se divertir com o meu desespero.

— Mas o Mzi nunca me disse... uhm, há quanto tempo ele está aqui?

Ela balançou a cabeça.

— Não posso falar disso. — E, já na porta, olhou para mim e perguntou: — Segunda-feira então?

Balancei a cabeça com firmeza.

— Acho que não. Olha, muito obrigado pelo emprego, e, em outras circunstâncias, eu aceitaria, mas... agora não dá. É uma longa história — falei, indicando com a cabeça na direção do Secretário-Geral.

Maki deu de ombros.

— Entendo. Mas fico de ouvido atento. Se souber de algo, te aviso — e fechou a porta de segurança enquanto eu saía.

Assim que saí do prédio, liguei para o Mzi e, assim que ele atendeu, comecei a gritar:

— Cara, que porra foi essa?!

— *Hola*, China! Como foi a entrevista? — perguntou ele, totalmente por fora do que tinha acontecido.

— Merda, me liga de volta do telefone do trabalho, meus créditos tão acabando — falei. Um minuto depois, quando Mzi retornou a ligação, atendi dizendo:

— Que tipo de ONG é essa para qual você me mandou fazer entrevista, que tem o James Congwayo como Secretário-Geral?

— Peraí, do que você está falando? O SG é um britânico chamado Livingstone Stanley — respondeu Mzi, com toda a confiança do mundo.

— É, está na cara que você não anda lendo os boletins da AfriAID. O SG é James Congwayo, e segundo esse panfleto aqui na minha frente, ele está no cargo há três meses — respondi, furioso.

— Você está falando do James Congwayo? *O* James Congwayo? Terror de Soweto, ex-agente da *special branch*, o cara que pode ter tido envolvimento no desaparecimento do seu pai? — Mzi perguntou. — Peraí que vou entrar no site da AfriAID — ouvi ele dizendo.

Logo depois, escutei ele rindo, todo animado:

— Ah não, eles estão usando aquele slogan que eu inventei de zoeira em todos os boletins agora: "AfriAID - trazendo ajuda holística à África, pelos africanos." Esses malucos são doidos de usar isso, sendo que AfriAID significa "Avanço Africano para o Desenvolvimento Independente". Hahaha!

Depois ouvi ele soltando um assobio, provavelmente ao ver o rosto do James Congwayo.

Enquanto isso, do outro lado da linha, eu já estava gritando:

— Que porra é essa, cara?! Você acha que eu vou trabalhar para aquele desgraçado? Acabei de ter uma filha, *ndoda,* e não estou pronto para virar namoradinha de ninguém na cadeia de Sun City. A única coisa que eu quero fazer com aquele cara é matar ele.

Talvez não tenha sido muito inteligente dizer isso para um amigo gay, essa história de "namoradinha em Sun City", mas eu estava puto.

— *Eish,* Joe, *askies.* Eu nem sabia disso, mano — disse ele, com um tom que até parecia arrependido.

— Certo. O problema é que a Sli volta amanhã, e eu vou ter que contar que entrei para estatística dos trinta e poucos por cento de desempregados nesse país. Não vai ser bonito — falei, soltando meu medo em voz alta.

— Ah, vai... dá um voto de confiança para a Sli. Ela entende muito mais do que você imagina. Você sabe que ela não vai te apedrejar por isso — tentou me tranquilizar. Fácil para ele dizer.

Mas eu tive que concordar:

— É, acho que ela vai levar na boa mesmo. Mas aquela sogra do inferno não vai curtir nada. Vai ter mais um motivo para achar que eu não sou bom o bastante para filha dela. Já foi um escândalo eu morar na casa que ela comprou para neta, ainda mais sendo só um cara só com o colegial, enquanto a filha dela tem um diploma.

— Relaxa, mano. Mas escuta, a *madam baas* está vindo, tenho que desligar — disse Mzi, e desligou antes mesmo que eu pudesse responder. *A tal cheiona devia estar bem perto mesmo,* pensei, enquanto dava partida no carro e seguia pela Bree Street rumo à ponte que o Mzi apelidou de "Ponte do Venerável Velho", entrando em Braam.

No dia seguinte, Sli estava de volta. E eu tive que contar.

Fui direto, sem rodeios, e bem claro.

— Sli, perdi o emprego — falei, já esperando que ela surtasse, gritasse ou chorasse no estilo "drama pós-parto".

— O que aconteceu?

Contei tudo.

— Então, esse tempo todo você tava se angustiando por estar desempregado e não me contou nada? Estava lidando com isso sozinho? — disse ela.

A minha Sli levou numa boa.

— Acontece, amor. Vamos passar algum perrengue, mas a gente dá um jeito. Afinal, a gente não tem que pagar hipoteca nem algo assim.

E depois que acabou a licença-maternidade... foi aí que começaram os apuros. Apesar de, no começo, a gente concordar que, com um bom planejamento, daria para viver com um salário só, depois de alguns meses paramos de fazer o orçamento juntos. Sli começou a jogar na minha cara quando comprava mais um par de sapatos, e eu dizia que talvez fosse melhor investir em leite em pó para Noma.

— Quando você escolheu trabalhar, eu nunca te disse o que fazer com o seu dinheiro, então por favor, não me diga o que fazer com o meu — soltou.

Depois do desconforto inicial da minha demissão, meus amigos voltaram a aparecer, já que parecia que Sli e eu tínhamos chegado a algum tipo de acordo sobre minha condição de desempregado. Mas não ficaram por muito tempo. Começaram a ouvir umas alfinetadas da minha irmã, Buhle, que agora estava sempre lá em casa para visitar a sobrinha:

— Vocês não podem simplesmente abrir a geladeira e pegar cerveja como se isso aqui fosse a casa de vocês. Até porque o amigo de vocês está desempregado, né?

E Sli... nada. Nunca disse uma palavra para contestar a Buhle. O silêncio dela parecia consentimento.

Para ser justo, nem sempre era só ela. Às vezes, eu mesmo sentia que não estava cumprindo meu papel de homem. Alguns amigos faziam questão de soltar umas indiretas perto de mim:

— E aí, Sli, cadê sua esposa... quer dizer... marido?

Ou então, uma vez, quando estávamos num restaurante na Praça Reverend, e Sli pegou a conta, juro que vi um olhar de desprezo no rosto do garçom.

Mas sabe de uma coisa?

Eu simplesmente não me importava mais em trabalhar para os outros. Eu estava curtindo meu papel de Deus Doméstico Mfundo e não queria abrir mão disso. Graças à televisão diurna, Martha Stewart me ensinou como tirar manchas de roupa com suco de limão, e Nigella me mostrou o melhor jeito de fazer massa folhada. E eu podia fazer tudo isso, experimentar receitas novas, passar tempo de qualidade com a minha filha e ainda ter espaço para compor novas músicas. Isso era ruim?

No fim das contas, eu não era diferente das donas de casa. Só que eu era homem. E, segundo todas as estatísticas da *Revista da Oprah* e da *Elle*, pais (ou mães) que ficam em casa trabalham mais que quem sai para trabalhar. Será que o salário era mesmo tão importante? O que importava não era eu dar a primeira papinha para minha filha, colocá-la para dormir à noite, tocar trompete para ela ou assistir *Teletubbies* juntos?

Com o tempo, passou a ser essencial para mim ensinar a Nomazizi a engatinhar, ver seus primeiros passos, ouvir o primeiro "papai". Por que então a sociedade, especialmente a sul-africana, era tão cruel comigo por eu ter escolhido ficar em casa?

E não era como se eu estivesse vivendo às custas da Sli, por mais que minha irmã, a mãe dela, alguns dos meus camaradas e — eu começava a suspeitar — a própria Sli quisessem dizer isso. Vendi meu carro, sem reclamar, porque ela já não conseguia mais bancar dois financiamentos e todas as contas da casa, ainda mais com o bebê.

E olha, como a Nomazizi fazia *kaka*. Às vezes parecia que eu trocava fralda a cada hora.

Então aconteceu. Uma semana antes do aniversário de um ano da Noma, tive certeza de que minha Sli agora estava no campo inimigo, apesar de tudo que eu fazia aqui na frente de batalha doméstica.

— Babe — falei —, preciso de dinheiro para comprar farinha e umas coisinhas. Estava pensando da gente fazer uma festinha para Noma, mas eu mesmo preparo quase tudo.

E Sli respondeu, quase sussurrando, mas alto o bastante para eu ouvir:

— É, tem gente que ainda se acha homem mesmo tendo que pedir dinheiro para fazer a festa da própria filha.

Achei que tivesse entendido errado. Ou que ela tinha se expressado mal. Então perguntei:

— O que você disse?

Não era possível. Minha Slindile não podia ser uma daquelas mulheres de mente estreita que acham que, só porque o cara tem um pênis, ele tem que ser o provedor.

— Você ouviu bem. Estou cansada de carregar sozinha a responsabilidade financeira dessa casa. Tenho que cuidar de você, de mim e da Noma. Parece que tenho duas crianças em casa.

— Você está de TPM? — perguntei, tentando brincar. Eu torcia para que fosse isso.

— Por que os homens acham que têm que enfiar TPM em qualquer situação em que a mulher esteja de saco cheio? Não. Não estou de TPM. Estou é de saco cheio de bancar a mãe de um homem de 35 anos. E nem vem com esse papo de "mas a gente se ama", porque nunca vi ninguém no hospital que tivesse o estômago cheio de amor.

Fiquei atordoado. Não era como se eu não estivesse fazendo nada, cacete. Ela nunca contratou uma babá porque eu estava lá. Eu conhecia os hábitos da nossa filha melhor do que ela. Quando Sli estava em casa e a Noma caía e se machucava, era para o "dada" que ela corria. Não para mamãe.

— Mas você sabe que não renovaram meu contrato. O que mais você quer que eu faça? — perguntei. E sabia que soei como um chorão. Detesto quando pareço estar me lamentando, mas ela me pegou desprevenido.

Ela me olhou com desprezo.

— Quero que você seja o homem da casa, pelo menos uma vez. Quero que comece a procurar trabalho de verdade, em vez de usar a Noma como desculpa. Pelo amor de Deus, seria muito mais barato colocar a Noma numa creche do que ter você aqui em casa o dia todo comendo e gastando eletricidade vendo *Judge Judy* e reprises de novela. Quero poder sair para jantar com você, como a gente fazia antes.

Não podia acreditar no que estava ouvindo. Tentei brincar:

— Claro que eu posso te levar para jantar. Só que você vai ter que pagar. Só isso.

Ela fez aquele som com a língua — "nccc" — que todo mundo que assiste Nollywood reconhece das personagens femininas.

— Não estou com paciência para as suas piadas idiotas.

Bom, evidente.

Então precisei perguntar:

— O quê? Achei que a gente tinha conversado sobre isso quando te contei sobre o contrato. Você disse que tudo bem, que a gente daria um jeito. Aliás, você tem me exibido para as suas colegas do hospital, se gabando do quiche maravilhoso que eu faço. E agora, de repente, ficar em casa virou um problema? Sli, você mais do que ninguém sabe que eu não fico aqui parado, como você está dizendo. Eu cuido da nossa filha. Limpo a casa. Cozinho. Faço tudo. E estou tranquilo com isso. Agora, se você andou conversando com sua mãe ou com a minha irmã sobre o que é ser "um homem de verdade"...

— Deixa a Buhle e minha mãe fora disso. Talvez seja da sua mãe que você deveria falar. Talvez, se ela tivesse te ensinado o que se espera de um homem de verdade, a gente não estaria tendo essa conversa.

Agora, eu vou para o trabalho. E sugiro que você também comece a procurar, porque do jeito que está, não dá para continuar — disse ela, revirando os olhos antes de sair e me deixar ali, com a cabeça nas mãos.

Merda. Dei um soco na parede e fui até a geladeira. Precisava de uma cerveja.

Eu já tinha bebido tudo.

Não tinha uma cerveja sequer.

Puta que pariu!

7

Durante as semanas seguintes, fiquei remoendo aquela conversa do "arrume um emprego" que tive com Sli. Sim, ela acabou me dando dinheiro para a festa, e eu comprei e preparei tudo o que era necessário. E, pelo que ouvi, a festa foi um sucesso (eu mesmo preferi me ausentar. Não suportaria encarar o que imaginei serem olhares de pena dos maridos das amigas da Sli que tinham levado os filhos).

Ela passou a me negar sexo. Quando estávamos na cama e eu tentava alguma coisa, tudo o que ela conseguia fazer era iniciar mais uma palestra sobre a necessidade de um e-m-p-r-e-g-o. E tudo em que eu conseguia pensar era: "Jesus Cristo, por que ela simplesmente não cala a boca e transa comigo?". Ela estava começando a soar como um disco riscado:

— Só arrume um emprego, qualquer emprego. O que for. Você sabe o que andam dizendo sobre você? Blá, blá, blá.

Por que ela se importava tanto com o que os outros pensavam de nós? E, nesse caso, por que eu mesmo estava me importando? Mas o fato é que eu tinha começado a me importar. Quando a mulher que eu amo desde que nasci — minha mãe — me liga para fazer um sermão sobre o que se espera de um homem de verdade, eu não consigo ignorar. Mas que diabos deu na Buhle para sair contando tudo para a nossa mãe?

Cada vez mais, encontrei consolo na minha música. Peguei meu trompete e comecei a tocar minha versão de "Chileshe", do Bra Hugh. E me perguntei — não pela primeira vez —: um homem deve ser julgado pelo contracheque ou pelos seus atos? E, se pelos atos, um deles precisa obrigatoriamente ser emprego remunerado por alguém? Não bastava eu acordar, limpar a casa, dar banho na nossa filha e levá-la para a creche (última tentativa da Sli de me forçar a buscar trabalho)? Se perguntassem à própria Slindile, ela não confirmaria que, sempre que chegava em casa, a casa estava limpa, o jantar pronto, e a Nomazizi alimentada e brincando feliz?

Quem define o que é trabalho? E, mesmo assim, quando lhes convém, lembram-nos de como as mães que ficam em casa trabalham mais do que o marido que sai para trabalhar — mas isso só vale quando quem fica em casa é a mulher?

E onde isso se encaixa em toda essa conversa de direitos iguais, de "homem esclarecido", de que Sli e Buhle tanto gostam de falar?

Se ouvissem as duas falando sobre igualdade, pensaria que elas estavam em Pequim com suas colegas misândricas. Mas, quando o assunto é eu arrumar emprego, de repente vira: "você não pode ser um homem de verdade sem uma renda"?

Ter um homem fazendo as tarefas domésticas não era o tal "sonho da igualdade" que elas tanto defendiam?

Não seria a hora de os homens também ficarem em casa, cozinhando e limpando se assim quisessem — como as mulheres vêm fazendo desde os tempos de Eva — e de as mulheres irem trabalhar e trazer o sustento, se assim escolhessem?

Um homem que cozinha e limpa só é valorizado se estiver sendo pago em outro lugar, e ainda assim é normal que uma mulher faça exatamente o mesmo, em casa, sem repercussão? Por que, então, Sli precisava me dar palestras, um verdadeiro congresso, sobre como eu deveria conseguir um emprego?

Ela era médica — tudo bem, em hospital público —, mas ainda assim ganhava o suficiente para nossas necessidades. Bem, ao menos para mim. Talvez, para ela, não fosse. A casa já estava quitada. Sim, talvez os médicos realmente precisem de mais do que os pouco menos de quinze mil que seu contracheque mostrava, mas também não era como se precisássemos de muito, além das parcelas do carro, da gasolina e da comida.

Aliás, se ela fosse realmente cuidadosa com o dinheiro, daria para comprar tudo de que gostamos e ainda sobraria. Então, por que eu deveria me meter em um trabalho das nove às cinco que me deixaria infeliz? Ela gostava do que fazia. Eu gostava de ser domesticado e de compor minhas músicas. Isso não deveria bastar?

Eu amava a Sli, de verdade. Mas não achava que conseguiria aguentar muito mais disso — seja lá o que fosse que ela estava me oferecendo. Eu era humano. Tinha sentimentos. E podia muito bem viver sem os lembretes diários de que ela era quem sustentava a casa, que tudo ali era dela: a casa, o dinheiro, o carro. Que inferno. Eu queria que houvesse alguém que pudesse me aconselhar sobre como lidar com aquilo. Mas não havia manual para isso.

Eu mesmo tinha achado revolucionária a ideia de ser o homem que ficava em casa enquanto a mulher trazia o pão (e o queijo). Mas esse é o problema das revoluções, não é? Pensei nisso com certa melancolia enquanto começava a tocar a música que compus chamada "Nkrumah".[6] O homem foi o símbolo da libertação africana, mas tropeçou por falta de exemplos sobre como seguir adiante na África Subsaariana. E comecei a pensar: *talvez eu seja o Nkrumah da Geração da Igualdade de Direitos e da Mulher Empoderada.*

Deixei o trompete de lado e peguei o telefone para conversar com Mzi sobre isso. Achei que homens gays deveriam ser sensíveis a esse papo de inversão de papéis. Mais do que isso: ele era amigo tanto da Sli quanto meu, há muito tempo. Mas, quando falei com ele, Mzi me decepcionou.

Perguntei se ele não achava que Sli estava exagerando com essa história de emprego.

— Não, *mjita*. Quando você a conheceu, tinha um emprego e estava satisfeito com ele. Isso fazia parte do que ela achava atraente em você. Você não dependia dela financeiramente, só emocionalmente. Agora você quer tudo dela.

— Sim, mas isso não pode ser visto como um amadurecimento da relação? Eu estou disposto a reconhecer que ela ganha mais, então deixo esse papel para ela. Também estou disposto a reconhecer que sou melhor cozinhando e cuidando da casa. Por que ela não pode me deixar brilhar no que sei fazer, e ela brilha no que faz?

Mzi riu:

— Qual é, cara. Homens vivem reclamando que mulheres querem mudá-los. Agora você aparece com uma que não queria te mudar... e você mesmo foi lá e mudou?

— Vai se ferrar, Mzi. Esse é o problema de vocês gays, esquecem que, no fim das contas, também são homens quando vêm com esse papo todo sensível com mulher. Vai à merda.

Mzi riu e desligamos na cara um do outro.

Talvez ele tivesse razão. O ano já estava chegando ao fim. Eu pretendia conversar mais com ele sobre isso quando viajássemos para a Cidade do Cabo nas férias, como ele tinha combinado com Sli. Talvez, no ano novo, eu pudesse considerar arrumar um emprego, nem que fosse só para agradar a Sli. Já me sentiria um pouco melhor.

Fui ver como Noma estava na cama, reparei que seu edredom tinha se soltado e a cobri de novo. *Como duas pessoas que criaram um ser tão perfeito podiam estar em guerra por causa de algo tão insignificante quanto trabalho?*, pensei, enquanto dava um beijo na testa da minha pequena princesa.

8

Provavelmente não deveria admitir isso, mas vou admitir. Viajar para a Cidade do Cabo com Sli e Noma naquele último Natal que passei com elas foi a minha primeira vez em um avião. Voamos pela Kulula, então Sli literalmente me transformou em um viajante aéreo. Sim, eu sei, com companhias de baixo custo, você pensaria que eu já teria viajado de avião antes, certo? Mas, até o Mzi se mudar para a Cidade do Cabo, nunca houve motivo para eu sair de Gauteng. Toda a minha galera morava perto o suficiente para ir de carro.

Sli parecia ter deixado de lado suas reservas em relação a mim durante aquelas férias. Como se tivesse decidido que deveríamos apenas aproveitar. Ou talvez ela estivesse torcendo para que o Mzi me inspirasse — ou me forçasse — a voltar a trabalhar?

Chegamos à Cidade do Cabo em um sábado ameno para as nossas duas semanas de férias. Mzi estava nos esperando e tinha se tornado praticamente um cavalheiro europeu, usando um cachecol de seda com suéter e jeans. Mas o estilo europeu foi abandonado no momento em que ele me viu.

— China, *skeem sam* — disse ele, me abraçando no estilo *kasie* e me dando um soco amigável nas costas.

Naquele momento, percebi como seria difícil para alguém adivinhar que ele era gay.

— *Heita boy, hoezit?* — respondi, retribuindo o abraço antes de ele se virar para abraçar e beijar a Sli.

Ele a olhou dos pés à cabeça antes de perguntar:

— Olha só para você. Emagreceu?

Ao que ela respondeu, alfinetando:

— Você sabe como é, quando se é a única provedora da casa. Não tive muito tempo para comer, precisei fazer uns turnos extras no hospital para bancar estas férias.

Estava ameaçando nossa paz...

Mzi me lançou um olhar cúmplice, como quem diz "entendi", antes de se abaixar para pegar Noma do carrinho.

— E quem é esta mocinha linda que veio visitar o tio Mzi? Vamos, me dá um beijo — disse ele, e a pequena princesa, encantada, respondeu com um "*mbha*". Isso conseguiu quebrar o gelo causado pela fala rancorosa da Sli. Acho que ela percebeu o quanto tinha sido dura, porque, enquanto caminhávamos até o carro, ela colocou a mão sobre a minha, enquanto eu empurrava o carrinho com nossas malas.

Era a minha primeira vez na Cidade do Cabo, e a cidade foi uma revelação. Lá de cima, tudo parecia lindo e verde, o tipo de paisagem com que o pessoal de Joanesburgo só pode sonhar. No chão, fiquei um pouco perturbado ao ver os *mkhukhus* no caminho do aeroporto. Mzi os apontou e contou uma história de quando foi visitar uma daquelas favelas — "desculpem, assentamentos informais", corrigiu-se com sarcasmo.

— Vocês precisavam ver. Tragicômico. Lá estou eu chegando nesse assentamento, e tem um pôster cobrindo a janela de uma casa, protegendo os moradores da chuva e do vento. E o pôster dizia — ele riu antes de entregar o golpe final — "Vote ANC, Uma Vida Melhor para Todos". Juro, foi difícil não cair na gargalhada ali mesmo.

Todos rimos com ele.

Mzi sempre soube como contar uma história.

Exceto que, neste caso, era a realidade de algumas pessoas. *Eish*.

Mzi morava em um apartamento de dois quartos no centro, não muito longe do Centro de Convenções Internacional da Cidade do Cabo. Apesar de estar em um andar alto, dava para perceber que a decoração tinha crianças em mente.

— Quando foi a última vez que os gêmeos estiveram aqui? — perguntei, sobre seus filhos que já estavam com três anos.

— Há um mês. Eles dão trabalho, mas felizmente minha faxineira é ótima com eles e até topou fazer hora extra, porque a BabyMama estava naquela de "tenho que ir almoçar com minhas amigas, eu fico o tempo todo com eles, agora é sua vez de ficar com as crianças" — respondeu, imitando perfeitamente a voz da Siyanda.

Sli saiu em defesa da Siyanda:

— Mas ela tem razão, *mos*. Ela fica com aquelas crianças o tempo todo, enquanto você está aqui. Então o mínimo que você pode fazer é dar um tempo para ela quando vier para cá com eles.

Lancei um olhar rápido para o Mzi no estilo "deixa comigo". Não conseguia acreditar que ela estava defendendo a Siyanda. Ela nem gostava dela!

— Mas você se esqueceu de que foi a própria Siyanda quem mandou o Mzi sair de Joanesburgo porque ele a estava "envergonhando". E, além disso, foi ele quem pagou a passagem dela para vir para cá. O mínimo que ela pode fazer é colaborar com a agenda dele — respondi.

Olhei para a Sli enquanto dizia isso. Quando terminei, ela estava revirando os olhos.

— E por que as mulheres têm que ser sempre as que ficam em casa cuidando dos filhos? — ela lançou de volta.

Respondi no ato:

— Talvez porque, quando os homens decidem ficar em casa para cuidar dos filhos, as mulheres dizem que eles não são homens de verdade?

Mzi interveio:

— Chega, vocês dois. Férias, lembram? Dá para termos uma conversa decente sem levar tudo para o lado pessoal? Senão eu expulso os dois daqui e fico com esta mocinha tranquila aqui. Agora, alguém quer uma bebida enquanto preparo o jantar?

E Mzi soube conduzir a situação.

Durante as duas semanas que passamos de férias na Cidade do Cabo, foi como se não houvesse questões algumas a resolver entre mim e Sli. Fizemos sexo todas as noites — e todas as manhãs também, enquanto a faxineira do Mzi andava pela casa limpando tudo com a Noma nas costas. Mzi nos levou a todos os pontos quentes da cidade, e consegui impressionar bastante gente com o meu trompete no Marimba, perto do Centro de Convenções, na última noite em que estivemos lá, durante uma apresentação de jazz ao vivo. Como sempre faço quando saio, levei meu trompete comigo. Tinha ouvido falar da apresentação por um camarada de Joanesburgo que era líder da banda. Mais tarde, enquanto a banda tocava, ele me chamou para subir ao palco.

Inspirado por um pouco de Malawi que o Mzi e eu tínhamos fumado mais cedo (em papel Rizla, não em folha de jornal ou página de lista telefônica), toquei até não sobrar ar nos pulmões.

Soube que tinha causado impacto quando, mais tarde, fomos para outro lugar e um dos caras que tinha me ouvido se aproximou e disse o quanto tinha amado minha música.

— Onde posso encontrar o seu CD? — ele perguntou, juntando-se a mim e ao Mzi, com um amigo que se apresentou como Thulani.

Eu estava bêbado e chapado, então contei toda a minha novela com o Emzee.

— Mas você precisa gravar. Tenho uma gravadora pequena na Alemanha e adoraria fazer um disco com você. Me passe seus contatos e podemos organizar algo — falou com aquele sotaque alemão com o qual muitos moradores da Cidade do Cabo já devem estar acostumados.

Anotei os contatos, cheio de esperança.

Pela primeira vez na vida como artista, senti que tinha encontrado minha grande chance. De algum modo, aquele cara parecia sincero demais para estar me enrolando. Que se danem Slindile e Buhle com suas ideias sobre o que um homem de verdade deve fazer, e toda aquela baboseira sobre "arrumar um emprego". Ser artista era o meu trabalho. E, que diabos, eu ficaria em casa compondo com toda a minha alma até que a sorte batesse à minha porta — e, pelo jeito daquele alemão, ela estava para tocar a campainha.

9

Um mês depois de voltarmos para Joanesburgo, aconteceu. Amassei o carro da Sli, e ela terminou comigo. Eu sabia que tinha amassado o carro, mas, pelo jeito que ela reagiu, parecia que eu tinha destruído o veículo inteiro — sendo que era só um amassado. Bem, talvez não tão pequeno assim. Mas, porra, eu tinha bebido o dia todo e meus reflexos estavam um pouco lentos.

Sli uma vez me perguntou como eu conseguia ficar bêbado sem ter um emprego, e eu expliquei para ela o código de conduta entre homens que bebem — sempre se deve pagar uma cerveja para um camarada em dificuldade, para aliviar o fardo mental. Ela quis saber por que eu simplesmente não pedia esse dinheiro para comprar coisas básicas para casa.

Mas não é assim que funciona entre homens. Problemas domésticos são resolvidos com álcool, não com dinheiro que poderia muito bem estar sendo usado para as esposas e os filhos.

Voltando ao carro: eu pedi desculpas por ter batido. Por que um "desculpa" nunca é suficiente para as mulheres? Tentei conquistá-la com Bra Hugh: — "Don't gooo, don't go lose it babe" — e, quando ela deu um leve sorriso, voltei ao papel de mendigo e disse:

— Olha, amor, eu já pedi desculpas, está bem? Eu vou mandar consertar.

Ela me olhou como se eu fosse quem deveria cantar essa música para ela:

— Com que dinheiro, Mfundo? Você não consegue nem comprar itens básicos para nossa filha, e acha que vai consertar o carro? Hã? — terminou com uma risada debochada que soava como uma tosse.

Lá vinha ela novamente com a ladainha do "arrume um emprego".

Eish.

— Eu já disse, venho me comunicando com o Franz. Ele ainda está na Cidade do Cabo, mas tenho certeza de que, assim que chegar à Alemanha, vamos resolver tudo. Vou assinar um contrato com uma gravadora em breve e, aí, amor, vai sobrar tanto dinheiro que o problema não vai mais ser um amassado, mas onde você vai guardar tantos carros que vou te dar — respondi, tentando fazer graça.

A verdade é que eu mesmo já estava ficando preocupado. Desde toda aquela empolgação na Cidade do Cabo, Franz não havia mais dado notícias. Mas eu não ia deixar a Sli perceber isso. Dane-se o emprego das nove às cinco.

— *Ja,* sei. Enquanto isso, por que você não arranja um trabalho de verdade enquanto espera ele te levar para a Alemanha? — ela disse, visivelmente irritada.

— Porque eu não consigo compor se tiver um emprego das nove às cinco. Preciso produzir o máximo de músicas possível para, quando começarmos a gravar, podermos escolher as melhores.

Ela revirou os olhos:

— Mfundo. Nós não nos alimentamos dos seus sonhos aqui. Você acabou de amassar meu carro e vem me falar de um castelo nas nuvens? Se esse cara realmente levasse sua música a sério, por que ainda não te levou para a Europa? — perguntou, com a mão no quadril.

— Porque, como eu já disse, ele ainda está na Cidade do Cabo. Porra, Sli, custa tanto assim ser um pouco solidária? — perguntei, irritado.

— Claro que custa. Custa o meu bolso. A Buhle estava certa... — disse ela.

— O que diabos minha irmã tem a ver com isso? O que ela disse? — perguntei.

— A Buhle estava certa — repetiu. — Disse que você provavelmente terminaria como seu irmão Sindiso, porque todos os homens da sua família são assim, inclusive os parentes distantes. Desculpe, Mfundo, mas eu não consigo encarar um Sindiso. Eu tenho sonhos — então suavizou a voz: — Olha, neste momento, tudo o que eu quero é sentir que você está fazendo algum esforço. Não me importa o que você faça. Mesmo que seja varredor de rua. Desde que mostre que está tentando.

Será que ela não entendia? Eu era um artista. O trabalho de um artista é executar sua arte com excelência. E depois ela ainda sugere que eu vire varredor de rua?

Francamente.

Um homem também tem uma imagem a zelar. Se não era uma carreira musical, ainda assim eu tinha um diploma!

— Então me diga novamente como você pretende consertar o meu carro, estando desempregado há um ano e sem conseguir comprar nem cueca para si mesmo?

E aí aconteceu.

Além de falar comigo de cima para baixo — sendo que eu sou uma cabeça mais alto que ela — ela me deu um empurrão no peito enquanto falava... e terminou me dando um tapa no rosto. Um tapa de verdade.

Como se eu fosse uma criança.

Enxerguei tudo vermelho.

Pensei em "punhos de fúria". Nunca tinha desejado tanto machucar uma pessoa quanto naquele momento. Talvez fosse verdade o que dizem sobre a linha tênue entre o amor e o ódio.

Ela gritou por socorro, e na sequência o vizinho branco — comedor de linguiça, jogador de rúgbi, e convencido de que seu segundo nome era Superman — entrou em ação. Veio me segurar, dizendo para ela se trancar em um quarto e ligar para a polícia.

A última coisa que lembro é de levar um soco daquele vizinho branco. Depois disso, já era um policial me acordando e tentando me algemar. *Pensei: foda-se a libertação feminina da Sli. E foda-se aquele maldito Pieter da porta ao lado.* O desgraçado não podia cuidar da própria vida? O branco só teve sorte porque eu estava bêbado, senão eu mostraria para ele como as coisas funcionam.

— *Hhayi mhan, voetsek,* não me toque. Não me toque! — lembro de gritar enquanto tentava acertar o policial que tentava me prender. Resultado: caí de cara no chão.

O policial aproveitou e decidiu que era o momento de efetuar a prisão. Quando senti as algemas em um dos pulsos, tentei me soltar novamente, o que resultou em hematomas, já que o policial ficou cada vez mais irritado — e, consequentemente, mais violento.

Fiquei pensando como chegamos àquilo. Sli e eu já tínhamos nos amado com tanta paixão. Será que eu a decepcionei tanto assim só por não ter uma renda? Será que ela tinha tão pouca fé na possibilidade de eu me tornar um artista mundialmente reconhecido?

E por que, afinal, eu estava sendo preso? Foi ela quem deu o primeiro tapa. Mas eu sabia que não poderia me defender com esse argumento. Nem com o fato de que ela vinha me agredindo emocionalmente há meses, junto com minha irmã e sua mãe. Parece que, por aqui, só mulher pode ser vítima de abuso.

Nós conversaríamos depois, quando eu voltasse. Se ela queria que eu arranjasse um emprego, era isso que eu faria. Ela iria se arrepender, mas eu faria isso. Mesmo que fosse varredor de rua. E eu também começaria a agir como "o homem da casa".

Nada de cozinhar. Nada de limpar. Nada de nada. Somente meu salário de varredor de rua — tirando o dinheiro da condução.

Se ela queria o homem tradicional do *emakhaya*, então era exatamente isso que eu daria para ela.

10

— *Mulheres que* estudaram são *kak* — eu disse, entrando no Salão do Pule, em Orlando West Extension, às quatro da tarde de uma segunda-feira, logo depois do meu fim de semana preso na delegacia de Rembrandt Park.

Thuli me lançou um olhar fulminante.

— O quê? Alguma mulher estudada finalmente mandou você se ferrar?

— *Hhayi mhan,* Thuli, não vem se estressar e fingir que está com o sutiã apertado. Você nem é tão estudada assim. É caixa no Pick and Pay do Maponya, ou não ficou sabendo? Hoje em dia, ensino médio nem conta como educação. *Lalela, sisi,* tem gente com mestrado nesse país e, mesmo sem emprego, são pessoas com educação. É desse tipo de educação que eu estou falando.

Eu gostava da Thuli. Não tinha intenção de ser tão duro, mas eu ainda estava com raiva.

Ela levou numa boa, me deu um soco de brincadeira no braço, o que me lembrou da Noma. Já sentia falta dela, e do jeito que gritava empolgada no *Shrek 3,* quando a irmã feia começava a distribuir socos.

— Estou vendo que você já está de porre. Mas quer saber? Eu até perdoo, se pagar a minha bebida de sempre.

Eu ri, meio com dor, e disse:

— Mesmo que eu tomasse toda a cerveja do Pule aqui, não ia ficar bêbado. — Depois disse, dando um tapinha no braço: — Está bom, querida. Eu pago. — E me virando para o Pule: — *Ngamla*, você ouviu a moça. E um Black Label para mim.

Talvez seja aqui mesmo o meu lugar. Talvez isso de Slindile e eu tenha sido só um sonho que deu errado.

Pois bem, naquela manhã eu cheguei à casa que vinha dividindo com a Slindile há alguns anos, depois de ela ter me mandado para a cadeia para passar o fim de semana. Tudo bem, oficialmente a casa era dela, estava nos papéis. Mas, convenhamos, eu também botei meu tempo e esforço ali, e acho que posso me considerar co-proprietário, mesmo sem meu nome na escritura. Eu não estava com as chaves — quando os policiais me levaram, não levei nada —, mas os seguranças do condomínio me conheciam e me deixaram entrar. Além do mais, deveriam me conhecer. Só tem quatro famílias negras no condomínio inteiro.

Desde que saí da cadeia, vinha ensaiando o que dizer. Iria pedir desculpas — embora achasse que ela também me devia uma, afinal, foi ela quem começou a briga. Iria dizer que, se o que ela queria era que eu arranjasse um emprego, tudo bem, eu começaria logo.

E lá estava eu tocando a campainha.

Slindile atendeu, olhou de cima a baixo e simplesmente entrou na casa e se sentou. Eu imaginei que fosse dizer alguma coisa, mas não disse. Só lançou *aquele olhar,* que todo homem conhece e já passou por isso pelo menos uma vez. Aquele olhar de quem vê você como cocô de cachorro grudado na sola do salto.

Sli nunca foi de mensagens sutis. Quando entrei, estava tocando "So What", do Miles Davis. Era o sinal de que a merda ia bater no ventilador. Segui até a sala e me sentei. Tentei quebrar o gelo apontando para o olho roxo — cortesia do Pieter, nosso vizinho.

— Olha só o que o seu capanga fez comigo...

Apontei de novo, esperando um pedido de desculpas, mas tudo que recebi foi outro daqueles olhares de bem feito. Ela ignorou completamente o fato de que eu tinha apanhado do nosso vizinho por instigação dela. E disse, sem piscar e com a voz seca:

— Mfundo, você tem que ir embora.

Lembro exatamente quando ela disse isso. Achei que meus ouvidos estavam me pregando uma peça. Talvez fosse a hora de pedir desculpas.

— Escuta, amor... Eu sinto muito.

Ela me olhou de cima a baixo — duas vezes — e respondeu:

— Sim. Você sente.

— *Lalela,* Sli — eu já estava implorando —, não vai acontecer de novo. Me desculpa. Desculpa de verdade. Eu era feliz aqui, cuidando da casa, mas se o que você quer é que eu arranje um trabalho, vou procurar hoje mesmo.

Ela disse com clareza, sem nem olhar na minha direção:

— Tudo bem. Pode procurar emprego. Mas não dá para fazer isso daqui. E eu não confio que você não vai voltar a pôr as mãos em mim.

Ela andava conversando demais com a Buhle, só podia ser. Aquela frase era a cara da minha irmã.

— Mas eu juro, Sli, prometo que nunca mais vou fazer isso. De verdade. Nem sei o que aconteceu comigo.

— E é exatamente isso que me preocupa, Mfundo. O que aconteceu com você pode acontecer de novo. E é esse risco que eu não estou disposta a correr com a minha vida — ela disse.

Nossa, que exagero... O que eu fiz foi imperdoável, mas ela parecia esquecer que tinha sido ela quem deu o primeiro tapa. Eu lembrei.

— E você parece esquecer que é fisicamente mais forte do que eu. Nada que eu fizesse poderia te machucar mais do que você a mim. Olha, Mfundo — ela suspirou —, só vai embora. Está bem? Deixei dinheiro do táxi na mesa e já arrumei suas malas.

Fiquei ali parado, em choque. Com toda a nossa história, sempre achei que, no fundo, Sli me amava. E agora ela estava, sem deixar margem para dúvida, mandando que eu fosse embora. E o que ela fez depois me chocou ainda mais.

Levantou-se, foi até o nosso quarto e voltou puxando duas malas. Depois voltou mais uma vez trazendo meu estojo do trompete.

Tentei implorar. Mencionei nossa filha, esperando que isso fizesse diferença. Sli sabia como era firme nossa relação pai-filha. Pensei: *ela ama nossa filha o suficiente para não fazer isso comigo. Não vai querer separá-la do pai, né?*

— Nomazizi? — perguntei.

— Ah, já foi para a creche — respondeu Sli, fingindo não entender a pergunta.

— Não, Sli. Quero dizer... você está mesmo disposta a separar ela de mim? Puxa, amor — falei, tentando soar o mais sincero possível —, você sabe o quanto eu significo para ela. O quanto a gente significa um para o outro. Você não pode ser tão cruel a ponto de querer separar uma filha do pai.

Ela riu e me olhou, incrédula.

— Está falando sério?

— Claro que estou falando sério! Ela é minha menina e, desde que nasceu, eu estou com ela todo dia, sou eu quem coloca ela para dormir. Por que diabos você acha que eu não estaria falando sério?

— Porque, Mfundo — disse ela, naquela voz sussurrante que sempre usava quando estava com raiva, e eu precisei prestar atenção —. Porque, Mfundo — repetiu, agora mais alto —, se você realmente se importasse com sua filha, não teria me agredido nem me deixado sozinha numa delegacia no meio da noite de sábado. Se amasse sua filha como diz amar, já estaria procurando um emprego, em vez de deixar tudo nas minhas costas, para poder mostrar para ela como é um homem de verdade.

Assenti com a cabeça, tentando de tudo para não mostrar toda a raiva que eu estava sentindo, e respondi:

— Então é isso. A verdade finalmente apareceu. Não é sobre a briga, é? E nem vem com esse papo de que eu te agredi — você também me bateu. Isso é sobre você querer controlar minha vida. Fazer de mim o seu projeto. Querer que eu vire um funcionário qualquer. Eu já te disse, Sli, isso não vai rolar. Eu sou artista, e esse negócio de escritório me sufoca. Além disso, não entendo do que você está reclamando. Eu fico em casa, cuido da nossa filha, e você vai trabalhar, tira onda de "chefe do lar", do jeito que gosta. E como o Dennis Thatcher com a Margaret, continuo lavando e passando essas calças com prazer.

Ela arqueou um sorriso torto:

— Bonita a citação, mas talvez você devesse parar de ler bobagem sobre Dennis Thatcher e começar a pensar no que precisa fazer para voltar a ser o homem por quem me apaixonei. Mas como eu disse: isso você não vai fazer aqui.

— Está bem. Eu faço o que você quiser. Só não me afasta da minha filha, por favor, Sli. Eu não ia aguentar. Não consigo compor sem ela — respondi.

Quando terminei, ela estava olhando para as mãos, mexendo nas unhas. Esperei alguma resposta que me desse esperança.

Mas não veio.

— Olha, Mfundo, não quero ter que chamar a polícia de novo para te tirar daqui. Não vou mudar de ideia. Você pode ir embora, por favor? Preciso trabalhar em algumas horas e queria tirar um cochilo antes de pegar a estrada.

Não havia mais nada que eu pudesse fazer. E, sendo sincero, depois do que ela disse, nem sabia se queria continuar ali. Liguei para o táxi — e talvez a parte mais humilhante de todo o dia tenha sido ter que aceitar o dinheiro dela. Mas não tive escolha.

Minha mãe só balançou a cabeça quando cheguei e me entregou as chaves do puxadinho. Por sorte, ainda tinha um trocado do táxi.

E foi assim que vim parar aqui. No Salão do Pule.

O Salão do Pule é uma instituição em Orlando West Extension. Herdado do pai, um empresário que era casado com outra mulher, mas quis ao menos dar algum futuro para o filho. O lugar virou o ponto onde todo mundo que é alguém no bairro dá uma passada. São dois cômodos separados por um arco. O menor, o Pule transformou em salão: do lado esquerdo, as cadeiras com massageador e os secadores; no canto direito, uma mesa de sinuca. O cômodo maior, à direita, tem geladeira, bar e cabine de DJ. É lá que fica a pista de dança e a saída para os fundos, que leva à casinha do Pule e aos banheiros do público. Graças ao prestígio do pai, não foi difícil conseguir licença para vender bebida e transformar o negócio em salão de beleza misturado com bar e discoteca.

O salão do Pule já existe há dez anos, e todos os DJs mais famosos do país, em algum momento, tocaram por aqui quando passavam por Soweto. É aqui que as "celebridades" aparecem quando vêm para o bairro (a própria Brenda Fassie, em vida, fazia o cabelo com o Pule). É aqui que, nos domingos tranquilos, quando estou por perto, os caras pegam os violões e eu trago meu trompete para uma *jam session*. Foi aqui também que vim com a Sli depois do nosso primeiro encontro, quando ela voltou da Cidade do Cabo, para terminar a noite bebendo e rindo com o Mzi. Talvez faça sentido ser aqui que *brindo* à morte daquele relacionamento. Levanto meu Black Label e viro de uma vez.

Pule e Thuli me olham compadecidos.

— E aí? Foi a Slindile? — pergunta Pule, tomando um gole do meu copo. Quem frequenta o salão sabe que o "imposto" de beber ali é dividir a bebida com o dono. O jeitinho dele de praticar *ubuntu* — embora nunca seja ele quem paga a garrafa. Mas, convenhamos, não seria um empresário astuto se fizesse isso.

Assenti com a cabeça. — *Ja*.

— Então ela finalmente caiu na real? Sempre me perguntei o que uma mulher como ela via em você. Só me surpreendeu ela ter ficado contigo por tanto tempo. Porque aquela ali, *ey*, é *ibujwa* — disse Thuli, aproveitando para se vingar.

Apontei o dedo para ela, brincando:

— Continua perguntando o que ela viu em mim que eu corto esse Red que você está bebendo. Mas você tem razão. Ela é *ibujwa* mesmo, uma danada. Talvez tenha sido isso que me atraiu.

Thuli me olhou:

— Ah, eu conheço bem seu tipo. Cresceu por aqui, depois fez um ou dois anos de faculdade e começou a achar que nós, meninas do *kasie*, não somos boas o bastante para você. Talvez você mereça mesmo o que aconteceu.

Pule riu:

— Para de falar besteira, Thuli. A Slindile também é do *kasie*, sabia?

— Que *kasie*, Pule? — retrucou ela, bufando. — Passou a infância em Dube e depois foi para Protea North morar com os tios. Que tipo de *kasie* é Protea North? Ah, faça-me o favor. Lá o povo come salada todo dia, não só no domingo — isso não é *kasie*. As escolas de lá estão cheias de gente de Glen e Chi. Os pais em Protea North mandam os filhos para o Sacred Heart e outras escolas assim. E você até se assusta quando ouve uma criança de lá falando outra coisa que não seja inglês. *Kasie*, uma ova! Talvez você esteja bêbado também, Pule.

Caímos na risada. Todo mundo ali gostava da Thuli porque ela falava o que pensava e era engraçada. Nenhum de nós jamais namoraria com ela, claro — era gorda demais —, mas sempre foi divertida de ter por perto.

Pule então ficou sério e perguntou:

— Mas e aí… o que aconteceu?

— Não quero muito falar sobre isso, mas, em resumo, eu e a Sli terminamos — declarei, entregando a garrafa do Black para Pule.

— *Tjhoo* — soltou Thuli, estalando a língua, surpresa.

Nesse momento, duas garotas que pareciam ter uns vinte e poucos anos, e que passavam pela calçada, deram meia-volta e entraram de novo no salão, rindo e apontando para mim.

— O quê? *Yini manje*? — perguntei.

— Você é aquele cara que gosta de *moer* mulheres, né? — disse uma delas, com um risinho.

Eu não conhecia nenhuma das duas. Como é que essas pirralhas sabiam do que tinha acontecido no fim de semana?

— Do que vocês estão falando? — perguntei, atônito. Pule e Thuli também se viraram para elas, com olhos inquisidores.

— Seu nome não é Mfundo, de apelido "China" ou algo assim? — perguntou a outra.

— É, vai direto ao ponto. O que vocês querem dizer com isso? — repeti, agora começando a me irritar.

— Sua foto e seu perfil estão naquele site não-sai-com-ele.com. Dizem que você bate em mulher, vive às custas delas e não quer trabalhar — respondeu a primeira, antes de saírem do salão, como se tivessem vindo ali só para me contar isso.

Pule caiu na gargalhada.

— Ih, meu chapa, te pegaram. Você se ferrou. Qualquer mulher com acesso à internet vai correr de você.

Fiquei estarrecido. Isso tem as digitais da Buhle em tudo. Será que minha irmã me detesta tanto assim? Será que ela é feminista até esse ponto, ao ponto de destruir nossa relação em nome da causa?

— Desgraçada — soltei, pensando nela. — Ela é uma maldita desgraçada.

Thuli pôs a mão sobre o meu joelho, num gesto de consolo, mas entendeu errado a direção da minha raiva.

— *Eish. Askies,* meu chapa. Mas relaxa, a Slindile vai se arrepender. Quando você estourar como músico, tem que fazer questão de contar para toda a mídia da mulher que não quis te apoiar. uShwashi vai amar essa história... e pode apostar que vai ter um monte de mulher atrás de você, enquanto ela provavelmente vai morrer sozinha.

Sorri. Thuli sabia exatamente o que dizer. Ela era mesmo uma fofa.

Pena que eu sou obcecado por mulheres como a Slindile, que considero minhas iguais intelectualmente. Foda-se a Slindile. Foda-se essas mulheres estudadas com essa atitude de "meu peido não fede". *Daqui a um ano, vão estar todas querendo me conhecer — e eu vou tocar cada uma delas como toco meu trompete,* pensei, fazendo um sinal com a cabeça para o Pule trazer mais uma rodada.

MZILIKAZI

11

Olá. Meu nome é Mzilikazi Khumalo. Se existisse alguém 100% zulu e cosmopolita, esse alguém sou eu. E também sou 100% gay.

Não sei dizer quantas vezes repeti essas frases mentalmente, ensaiando como dizê-las para todas as mulheres que demonstrassem algum interesse por mim.

Mas, claro, nunca consigo dizer. Seria, sem dúvida, o fim da minha relação com meu pai. Poderia destruir as ilusões de muitas mães que me olham como um genro em potencial (isso é a África do Sul, então é bom esclarecer: elas esperam que eu me case com as filhas, NÃO com os filhos). E, sendo sincero, nem sei se sou 100% gay. Existe alguém que seja 100% alguma coisa? Será que não sou apenas bissexual? Quero dizer, eu amo o comportamento lógico — em vez do emocional — da maioria dos homens, mas tendo frequentado o meio gay, sei que há homens bastante emocionais por aí. E sendo amigo de Slindile há tanto tempo, também sei que existem mulheres que preferem a lógica à emoção. Às vezes me pergunto se teria dado vazão à minha atração por homens, caso estivesse num relacionamento com uma mulher como a Sli.

Ah, quem estou querendo enganar? Sou gay, *ungqingili*, uma bicha, *isitabane*, viada. Cem por cento zulu *queer*. Sinto atração por homens da mesma forma que outros homens sentem por mulheres. Sim, admiro a mente lógica dos homens, assim como admiro a de Sli, mas se colocarem uma Sli nua e lógica ao lado de um gay tipo *drama queen* igualmente nu, não há dúvida: escolho o gay.

E por que minha sexualidade tem de ser um fator tão importante? Por que não posso simplesmente ser um cara e manter minha sexualidade como algo particular?

É o que eu faria, se pudesse.

Mas a sociedade decidiu que a sexualidade dos homens gays é assunto público. Virou um adjetivo social, como "um cara negro em Orania" ou "um branco em Zola".

Pessoa A: — Então, lá estava eu naquela festa com o James, você conhece o James, né?

Pessoa B: — James? Está falando do James alto ou do James gay?

Entendeu o que quero dizer?

Sei que muitos homens heterossexuais devem estar se encolhendo agora, pensando: "Quero mesmo continuar ouvindo esse cara?" Talvez não, mas será que ajuda se eu disser que já fui um de vocês?

É isso mesmo, está dito. *Não sou seu estereótipo do homem gay.*

Não tenho nada roxo no meu guarda-roupa.

Meus melhores amigos são uma mulher hétero (até aí normal, para gays) e um cara hétero (totalmente fora do normal).

Já trabalhei em ONGs, mas o foco delas — como seria de se esperar — não era os direitos LGBTQIA+.

Não suporto música house.

Não falo com trejeitos nem tenho língua presa.

Uso Zambuk nos lábios, não *gloss*.

Nunca houve um tio que me desse balas quando eu era criança, me tocasse "lá" e dissesse que seria nosso segredinho, como mostram nos filmes.

Não cresci brincando de boneca — embora, pensando bem, talvez isso seja porque, nos meus primeiros anos no interior do Zululand, não havia bonecas por perto.

Nunca participei de marcha do orgulho gay. Não, não é vergonha do que sou. É só que não sou um desses gays que sente a necessidade de se montar e publicar a própria orientação no Diário Oficial. Além do mais, sei bem como essas coisas funcionam: uma hora ou outra aparece um repórter com uma equipe de filmagem querendo me fazer dar uma declaração se eu estiver na marcha. (Eles sempre procuram os rostos negros, esses jornalistas, reparou?)

Sou pai. Sou divorciado.

Sou um zulu nascido no campo, cria de um *kasie*, que sabe lutar com bastão e abater um animal como qualquer um. Em outras palavras, se Shaka Zulu reencarnasse, eu provavelmente o superaria em ser zulu. Então, chega dessa conversa de que ser gay é algo "não africano".

Sim, fui provocado por alguns meninos mais velhos na escola, mas nunca teve conotação sexual. E se isso fosse o único critério, toda a África do Sul seria gay, porque tem uns demônios de uniforme em cada escola desse país.

É verdade que sempre senti certa atração por homens, que olhava disfarçadamente para os braços deles e pensava: "Bonito, esse aí." Mas, como quase todo mundo que está no armário, eu também era o crítico mais barulhento do que chamava de "essa viadagem aí". É verdade que tem gente achando que agora "gay is the new black", mas eu sei que não sou um desses, porque tentei — e fracassei miseravelmente — em ser um homem hétero. Mas como é que um bom rapaz zulu, bem-educado, entrou nessa jornada de descoberta da própria sexualidade?

Fui o primogênito de meu pai e minha mãe, nascido em KwaMntungwa em meados dos anos 1970.

Meu pai veio inicialmente trabalhar nas minas de Joanesburgo, mas um de seus colegas de quarto no albergue era um sujeito progressista, e os dois começaram a estudar por correspondência. Depois de muito estudo à luz de lanterna, conseguiram o diploma de professores e deixaram as minas.

Meu pai foi então morar em uma pensão em Orlando East e, quando conheceu uma moça que era enfermeira no Bara, juntaram suas economias e conseguiram comprar uma casa em Dube.

Minha mãe, nesse meio-tempo, ainda estava *emakhaya*. Acho que, desde o início, ela já desconfiava do que estava acontecendo, porque no primeiro Natal depois que ele saiu das minas, meu pai voltou para casa com outra aparência. Agora membro da elite letrada, chegou vestindo terno e gravata. Ainda colocava o macacão para ir conosco ao campo, mas começou a se irritar com as menores coisas a respeito da minha mãe.

Por que as crianças não tinham se lavado antes de dormir? Por que ela não usava os tênis que ele havia comprado, para que os pés dela não ficassem rachados a ponto de caber uma moeda de cinquenta centavos nas frestas? Por quê? Por quê? Por quê?

Minha mãe continuava a servi-lo de cabeça baixa, mas um dia ela não pôde mais e levantou a voz. Eu devia ter uns cinco anos na época.

— *Mntungwa, kus'emakhaya la.* Não tente me transformar numa mulher da cidade. Você estava satisfeito comigo assim o tempo todo — ouvi enquanto fingia dormir no chão da nossa cabana, que também era a "cozinha".

Meu pai ficou sem reação.

— Do que você está falando?

Ela puxou o ar entre os dentes, num gesto de raiva, e respondeu:

— Nunca estive lá, mas dizem que Joanesburgo não é tão grande assim. As pessoas comentam, e eu sei da esposa lá e da casa de lá Enquanto isso, aqui preciso vender legumes para que as crianças tenham alguma roupa nova, já que você só traz alguma coisa uma vez por ano, no Natal.

Meu pai reagiu do jeito de sempre: usou o ataque como melhor forma de defesa, em vez de responder à acusação:

— Ah, então agora você está me enfrentando? Quer ser o homem desta casa, é isso? Hein? Se sua família não te ensinou como tratar um marido, pode voltar para lá e aprender.

Minha mãe recuou. A família dela era pobre. Como poderia voltar e ainda levar três filhos com menos de seis anos? Começou a chorar baixinho, pedindo desculpas por algo que nem sequer tinha feito. Essa imagem mental da dona de casa do campo, emocionalmente maltratada por um marido da cidade — essa era minha mãe.

Minha irmã, que estava nas costas dela, começou a chorar também.

Meu pai saiu da cabana resmungando algo sobre ir até o mato, mas a partir dali firmou-se um acordo tácito: a vida do meu pai na cidade era só dele, e minha mãe não deveria questionar. Ela manteria tudo funcionando no interior, e ele teria que mandar mais do que apenas mantimentos uma vez por ano, no Natal, como pagamento por esse silêncio.

Funcionou bem por três anos. Eu já tinha começado a escola, e meu pai mandava uniformes e sapatos. Eu e meu irmão mais novo éramos os únicos da escola da aldeia que tinham sapatos escolares — e por isso nos metemos em algumas brigas. Quando tentamos deixar os sapatos em casa, nossa mãe nos repreendeu com firmeza. Disse que se não usássemos, nossos pés iriam rachar. Tínhamos mais medo dela do que dos valentões da escola. Então usávamos os sapatos. E aprendemos a lutar com paus com perfeição, para nos defender dos agressores.

Lembro bem da briga que acabou com qualquer tentativa de me provocarem. Como em muitas escolas rurais da época, havia aquele sujeito na minha turma, que tinha acabado de entrar na puberdade e que provavelmente tinha tido sua primeira experiência sexual. O nome dele era Witness — até hoje tenho quase certeza de que se chamava assim por causa do Natal Witness. Era mais burro que a média, tendo repetido o Sub B pelo menos três vezes. Na sala, ainda se confundia ao escrever os "d"s e os "b"s. Mas, fora da sala, como todo idiota metido a esperto, era o mais "sabido" de todos.

Um dia, ele me abordou a caminho da escola e mandou que eu tirasse os sapatos e voltasse para casa com eles.

— Está querendo desfilar com esses sapatos aí só para mostrar que seu pai trabalha na cidade?

Ignorei. Não queria brigar. Ele era maior do que eu.

Então ele cuspiu em mim, pegou um pedaço de pau e me bateu.

Ele provavelmente, estava mais irritado do que o normal porque, no dia anterior, eu tinha rido dele na aula de inglês. As aulas eram dadas em isiZulu, mas o diretor insistia que a de inglês fosse totalmente nesse idioma, para melhorar nosso domínio da língua.

A professora pediu um exemplo de verbo. Witness respondeu:

— *Tall.*

Ela o chamou até a frente da sala, e eu não aguentei: caí na risada. Depois, me pediu um verbo e eu disse:

— *Sit.*

Ela me chamou e ordenou: "sit". E eu me sentei — bem ali, no chão da sala. Então se virou para Witness e disse:

— *Witness, can you tall?*

Claro que ele não podia. Chamou outra pessoa, que respondeu "jump". A professora pediu que a pessoa demonstrasse, e ela pulou. E voltou-se novamente a Witness:

— *So, Witness, "tall" for us.*

A sala inteira caiu na risada.

No dia seguinte, ele decidiu me punir — oficialmente por causa dos meus sapatos, mas, na verdade, por causa da humilhação. Só que meu tio, o irmão mais novo do meu pai, vinha voltando da roça e viu tudo. Quando me viu prestes a correr, atravessou o caminho, deu-me um tapa no rosto e disse que eu estava envergonhando o nome da família. Depois, entregou-me um pedaço de pau e mandou eu enfrentar Witness.

É claro que apanhei. Mas meu tio me ensinou a usar o pau do jeito certo e, em poucos meses, ninguém mais se atrevia a me desafiar.

Desde o início da escola, meu dia começava antes de o sol nascer: acordava para ir com minha mãe trabalhar na roça. Quando o céu já começava a clarear, voltávamos para casa. Depois, meu irmão mais novo e eu íamos ordenhar. Terminada essa tarefa, eu lavava o rosto, as mãos e as pernas — tudo com o mesmo pano —, tomava café da manhã e saía correndo para escola. Geralmente, chegava poucos minutos antes do sino.

A gente fazia a formação no pátio, por turma, para oração da manhã e para ouvir os avisos do diretor. Nas séries iniciais, quase todos os professores eram mulheres. Lembro que, casadas ou não, chamávamos todas de "senhoras", estranhamente.

Depois das aulas, limpávamos a sala, buscávamos água para os professores, ou areia e barro para construir novas salas. Era ali que os professores homens se aproveitavam das alunas mais velhas — pedindo que fossem cozinhar para eles e, logo depois, iniciando relacionamentos físicos com elas.

Como meu pai trabalhava na cidade, tivemos sorte de contar com um jovem que nos ajudava com a lavoura e o gado. Era um sujeito engraçado, mas não consigo recordar o nome. Ah, lembrei: Congress. É isso mesmo.

Imagine só: um menino de sete anos responsável por dezoito cabras e doze cabeças de gado. Não era tão ruim, porque eu ia com outros meninos da minha idade. Nos dias de sol, até que era bom. Mas quando chovia... era um inferno. Não acredite em quem tenta romantizar isso. Levar cabra para o curral debaixo de chuva é uma tortura e sempre termina em choro. Lembro perfeitamente.

Essa seria minha vida, muito provavelmente, até o dia em que meu pai achasse necessário que eu estudasse mais ou arranjasse um emprego. Mas não foi o que aconteceu.

Quando eu tinha oito anos, minha mãe acordou, num dia qualquer, reclamando de dor de cabeça. Fui à escola normalmente. Mas, antes mesmo do final da aula, meu tio — aquele que me ensinou a lutar com um pedaço de pau — veio me buscar.

Minha mãe havia morrido.

Meu pai apareceu para o funeral e, durante a cerimônia, os parentes cochichavam que a morte dela tinha sido causada por feitiçaria — culpa da mulher dele na cidade. Lembro bem dos comentários.

Uma das minhas tias disse:

— É, dizem que a mulher é lá de longe, de Thaba Nchu. O povo de lá sabe das coisas...

— *Eh he.* Mas dizem que foi ela quem começou. Quando soube que o marido estava com a mulher da cidade, foi mastigar umas raízes e cuspiu, para que a rival não tivesse filhos. Olha só: todos os filhos dela morreram — e, me vendo por perto, começaram a murmurar baixinho. Afinal de contas, eram mulheres da igreja.

Depois do enterro, meu pai arrumou as poucas coisas que tínhamos, juntou a mim, meu irmão e minha irmã, e nos levou para Joanesburgo. Nosso *bab'omncane* — o caçula da família do meu pai — ficou cuidando da casa em KwaMntungwa, junto com a esposa e os filhos.

Eu, Vusumuzi e Maria nunca mais voltaríamos a viver em KwaMntungwa.

Nossa nova vida estava prestes a começar — com um pai que mal conhecíamos e com a mulher que diziam ter matado nossa mãe.

Eu estava apavorado com o que poderia encontrar lá.

12

Lembro de ter olhado para Joanesburgo com um misto de espanto e deslumbramento. As ruas eram enormes, havia tantos carros, tanta gente — como conseguiam conviver assim, sem se matar uns aos outros? E aquelas luzes, como tinham sido colocadas lá em cima? Eu tinha tantas perguntas, mas não podia fazer nenhuma, pois estava sentado ao lado do meu pai, sempre sério. Vusi e eu fazíamos o que podíamos: cutucávamos um ao outro toda vez que víamos alguma maravilha.

Naquele dia, éramos o retrato perfeito de meninos do interior chegando à cidade grande, como naquele filme, *Jim em Joanesburgo*.

Depois de alguns quilômetros observando tudo, acabei dizendo para o Vusi, sem pensar:

— Eh, olha só isso tudo. Os brancos são muito espertos.

Falei alto o bastante para que todo o ônibus ouvisse — e então começou o falatório.

Meu pai foi o primeiro a responder, olhando fixamente para mim:

— Eles não são tão espertos assim. São as nossas mãos que eles usam para fazer tudo isso.

Mas um bêbado gritou lá do fundo:

— Ah! E você acha que nossas mãos fariam alguma coisa se não fossem os brancos mandando e ensinando como fazer? Vocês, africanistas, são todos iguais. Adoram falar das glórias da África antiga, mas nunca olham para o que a África é hoje. Hein? Não comemoraram a independência de Moçambique? E agora aqueles *shangaans*[7] estão ocupados se matando entre si! O menino tem razão: os brancos são inteligentes, e sem eles estaríamos perdidos.

A discussão foi acalorada. Muitos passageiros — especialmente meu pai — contestaram o bêbado, que passou a ser alvo geral. Alguns falavam em isiZulu, mas o idioma vinha misturado com palavras que eu não conhecia. Ainda assim, entendi o suficiente para começar a sentir pena do bêbado. Todos estavam contra ele. Um rapaz novo, de camiseta preta, boina preta e usando sandálias de borracha *amasatani*, o chamou de traidor da "Causa".

Fiquei chocado. O bêbado parecia ter idade para ser pai daquele jovem. Como podia ser tratado com tanta falta de respeito? Olhei para Vusi, sem saber o que pensar. Eu certamente não tinha pretendido causar um debate tão longo com a minha observação. Nem sequer sabia direito qual era a aparência dos brancos. E agora, além de descobrir como se pareciam, ainda tinha que descobrir o que era essa tal de "Causa" de que o rapaz falava. *Mas não podia ser coisa boa,* pensei. Afinal, ele era desrespeitoso demais.

Quando chegamos ao lugar que meu pai disse ser nosso novo lar, já estava escurecendo. Ele leu um bilhete deixado sobre a mesa e nos informou que nossa nova mãe tinha saído para o turno da noite. Veríamos ela pela manhã. Por ora, era para comermos alguma coisa.

Tudo na casa parecia enorme e imponente. Hoje, vejo que era uma casa comum do bairro de Dube, no Soweto. Três quartos. Ele nos levou para conhecer cada cômodo e, apontando para um quarto com duas camas de solteiro, disse:

— Esse é o quarto de vocês.

Vusi e eu nos entreolhamos, maravilhados. Sempre dormimos em um esteira de palha no chão, com um cobertor embaixo e três por cima. Quando os filhos das irmãs da minha mãe vinham nos visitar, dormíamos todos juntos. Se não houvesse espaço suficiente, deitávamos em sentidos opostos, cada um com os pés do outro na cara, em algum momento da noite. Agora, tínhamos camas individuais.

E Maria, por ser menina, tinha cama e quarto só para ela.

Vusi começou a dar pulinhos. Nosso pai o olhou:

— O que foi?

— *Ngifuni kucama* — disse ele baixinho.

Nosso pai riu e nos levou até um cômodo com uma banheira branca grande e um objeto branco, estranho. Tinha uma marca que dizia "Shank" na lateral. Ele levantou a tampa e disse que devíamos urinar ali, mirando no meio.

Vusi tirou o calção e fez o que tinha que fazer. Quando terminou, nosso pai puxou uma alavanca prateada e fez o xixi desaparecer. Foi mágico. Aproveitei e também fiz o meu. Depois, puxei a alavanca, só para ver.

Nosso pai nos mandou lavar as mãos com sabão para tirar as "bactérias". Embora nossas mãos estivessem relativamente limpas, obedecemos. Não sabíamos quem ou o que eram as bactérias, mas era melhor seguir as ordens.

Ele explicou a diferença entre sala de jantar e sala de estar, e apontou para algo chamado "televisão", dizendo que nos mostraria como funcionava depois do jantar.

Depois de explorarmos a casa, ele nos mandou sentar à mesa. Trouxe água para lavarmos as mãos. Eu não acreditava no que via: meu pai, que sempre fora servido pela minha mãe, agora estava nos servindo. Só podia ser verdade o que tinham dito: a mulher da cidade era mesmo uma feiticeira. Tinha enfeitiçado o meu pai.

A comida já estava pronta. Ele trouxe nossos pratos até a mesa e sentou-se à cabeceira. Cada um de nós comeu em seu próprio prato. Nós, que crescemos dividindo um único prato entre irmãos e os parentes que estivessem por perto. E a carne... era tanta carne no meu prato, junto com *pap* e espinafre! A nova esposa do meu pai podia ser uma bruxa, mas sabia cozinhar.

Depois de comer, meu pai anunciou que seria nossa obrigação, minha e do Vusi, lavar e secar os pratos, dali em diante. Maria ainda era pequena para isso.

Era mudança demais, em pouco tempo. Tentei protestar, num fio de voz:

— Mas isso é coisa de mulher... — disse eu.

Meu pai disse:

— Nesta casa, todos têm que contribuir. Sua mãe trabalha muito e, quando chega em casa, ainda tem de cozinhar. Vocês vão fazer o que for mandado.

Estava autoritário, sim — mas de um jeito bem diferente do que eu esperava. Não era o mesmo homem que, quando descia para KwaMntungwa uma vez por ano, prendia os bois ao arado e passava o dia na lavoura, dando ordens para minha mãe, agora falecida. Comecei a sentir pena de mim mesmo e chorei baixinho enquanto lavava a louça, enquanto Vusi secava. Nosso pai estava dando banho em Maria, na banheira branca.

— Você está chorando? — perguntou Vusi, ouvindo meus suspiros e fungadas.

Enxuguei o nariz rápido e respondi:

— Ficou maluco? Por que eu choraria?

Não podia deixar que ele soubesse que eu estava chorando. Se contasse para o nosso pai, eu certamente levaria uma surra por isso. Homem não chora. Simplesmente não se faz isso. Mesmo quando a gente apanha, o certo é fechar os olhos e "aguentar como homem".

Fui dormir com o coração pesado, sentindo pena de mim mesmo — por não ter mais mãe e por ter um pai que nos obrigava a fazer "trabalho de mulher". Naquela primeira noite em Soweto, me virei e revirei na cama, sem conseguir dormir, até que Vusi caiu no chão. Ele não estava acostumado a dormir em cama, e se mexeu demais sem o corpo de outro ao lado que lhe servisse de barreira. Ri tanto que chorei. E então dormi até que uma mão feminina me sacudiu suavemente pela manhã, enquanto a voz chamava meu nome com delicadeza.

Era minha nova mãe.

— Mzilikazi... Mzilikazi... acorde.

Levantei-me e bocejei. Por um instante, achei que ainda estava sonhando.

Não sei por quê, mas antes de conhecê-la, eu sempre achava que as mulheres baSotho eram todas de pele clara. Nunca tinha conhecido nenhuma, claro, mas ouvi algo assim uma vez, num cochicho do meu tio. Mas a esposa do meu pai não era assim. Depois saberíamos que o nome dela era Mapule. Sua pele tinha a cor de um chá bem forte com um pingo de leite. O rosto era arredondado, mas com maçãs do rosto marcantes. Os olhos eram de um castanho suave, gentil. O tipo de olhar que não consegue esconder a dor, mas que, ao piscar, desaparece por trás dos cílios mais longos que já vi. Os lábios também eram suaves. Sei disso porque, naquele dia em que tentou me acordar, ao perceber que eu estava desperto, surpreendeu-me com um beijo nos lábios e disse:

— Bem-vindo ao lar.

Em seguida, foi acordar Vusi do mesmo jeito.

— Aqui estão seus conjuntos de higiene — disse ela, abrindo o guarda-roupa que a gente nem tinha reparado, porque estávamos cansados demais para ter curiosidade. Entregou um para cada um e mandou que fôssemos ao banheiro escovar os dentes.

— Mzi, você vai tomar banho primeiro, enquanto Vusi me ajuda a arrumar as suas coisas. Quando você terminar, Vusi toma o banho dele e os dois vêm se juntar ao seu pai para o café da manhã. Ele vai levar vocês à nova escola.

A voz dela era suave. O isiZulu que falava vinha cheio de palavras parecidas com aquelas que ouvimos no ônibus. Lembro de ter me surpreendido ao ver que ela falava nossa língua — afinal, eu tinha ouvido no velório que ela vinha de um lugar distante e quase mítico chamado Thaba Nchu.

Corremos para fazer tudo conforme ordenado.

Nós, os três irmãos, havíamos feito um pacto silencioso de infernizar a vida da "nova mãe". Mas como fazer isso agora, diante de uma mulher tão bonita e tão gentil? Depois daquela manhã, tudo que Vusi e eu queríamos era facilitar a vida dela. A mais nova, Maria, por outro lado, ainda não estava convencida da bondade da nossa mãe.

Pouco depois, Vusi e eu corríamos atrás de nosso pai, a caminho da escola onde ele lecionava. Ele andava com passadas largas, e nós, de pernas curtas, precisávamos correr para acompanhá-lo. Estava vestido como quando chegava ou saía da aldeia: terno e gravata, camisa branca engomada e sapatos reluzentes. Usava também um chapéu inclinado de lado.

Psicólogos modernos talvez argumentem que não era o melhor momento para nos mandar de volta à escola tão pouco tempo após a morte da nossa mãe. Mas, para mim, foi a melhor decisão que ele poderia ter tomado. Não nos deram tempo de sentir pena de nós mesmos — nossa atenção se voltou imediatamente para o novo ambiente, para as curiosidades daquela escola e para a possibilidade de fazermos novos amigos.

Acredito que foi isso que nos fez, Visu e eu, diferentes da Maria. Ela cultivou a tristeza e se tornou uma pessoa amarga por ter perdido a mãe tão cedo.

No caminho apressado para a escola com nosso pai, vimos muita gente cuidando da vida, algumas indo para o trabalho; outras, para a escola, assim como nós.

Quando Visu e eu chegamos à escola, fomos levados ao escritório do diretor, onde ele fez algumas anotações e conversou conosco até que um dos outros meninos foi chamado para nos mostrar nossas respectivas aulas e outras coisas relevantes.

O menino que nos mostrou a escola por acaso estava na minha sala de aula e, mais tarde, eu passei a compartilhar uma escrivaninha com ele. Seu nome? Mfundo Dlamini.

A mãe dele também era uma professora daquela escola, e logo nos aproximamos, dividindo o desconforto de sermos filhos de figuras de autoridade. Mas eu provavelmente me tornaria amigo de Mfundo de uma maneira ou de outra. Um espertinho — um daqueles moleques que têm irmão mais velho e, por isso, ficam sabendo das coisas de gente grande antes da hora — começou a me chamar de "Hamlet". Não porque eu tivesse vivido uma tragédia desde cedo, como o personagem de Shakespeare, mas porque diziam que eu vinha de um lugar tão pequeno que só podia ser chamado de *hamlet,* (um fim-do-mundo). Apenas Mfundo insistia em me chamar pelo meu nome, e foi ele quem me fez sentir acolhido de verdade.

Logo nos tornamos inseparáveis. Na hora de ir embora, caminhávamos juntos até a minha casa e fazíamos o dever lá mesmo — ele queria evitar os amigos do irmão, que viviam pedindo que ele buscasse água ou fizesse algum favor. Depois, eu o acompanhava de volta até a metade do caminho, até o centro comercial Maponya (não o hoje famoso Maponya Mall), onde nos despedíamos.

Sempre que chegávamos em casa, se minha madrasta estivesse no turno do dia, ela deixava comida para Vusi e para mim em marmitas guardadas no forno — sempre com bilhetinhos dentro. Eram sempre carinhosos. "Meu querido, espero que essa comida seja suficiente. Por favor, descasque as batatas quando terminar." E nós fazíamos com gosto qualquer tarefa que ela nos pedisse.

Claro, no início chamávamos ela de "mãe" porque nosso pai esperava isso de nós — mas, logo, o fator biológico deixou de importar. Ela era *nossa* mãe, e abandonamos qualquer ideia de "madrasta". Curiosamente, a pessoa com quem ela mais se esforçou, nossa irmãzinha Maria, foi justamente quem se tornou sua inimiga vitalícia.

Quando não havia soldados ou policiais patrulhando nossas ruas em caminhões, em busca sabe-se lá do quê, nossa infância era divertida e até normal — dentro de tempos tão anormais. Acho que, naquela época, eu tinha uma leve queda pelo Mfundo. E, pelo tempo que ele passava em nossa casa — de queixo caído —, suspeito que ele tinha uma queda pela minha mãe.

Mas não foi com a minha mãe que Mfundo teve sua primeira experiência sexual, nem foi com Mfundo que eu tive a minha — ou melhor... foi sim. De um jeito indireto.

Na oitava série, Mfundo já era bastante conhecido no bairro por tocar trompete. Até os policiais brancos o respeitavam — ainda que a contragosto — porque ele já havia sido convidado para tocar, uma ou duas vezes, com músicos mais velhos no Uncle Tom's Hall. Dá para imaginar, então, o efeito que ele causava nas garotas. Elas o adoravam. Ele tinha aquele charme artístico, tranquilo e relaxado, e nunca namorava ninguém de fato — mas tratava todas como princesas.

Foi nesse contexto que Mfundo e eu tivemos nossa primeira experiência sexual. Ela era dois anos mais velha e muito clara de pele. Em um lugar onde a maioria da população era negra e cresceu ouvindo que "branco é bonito", isso fazia dela, automaticamente, uma mulher linda. Tinha todas as curvas no lugar certo, e todos os garotos da escola queriam ficar com ela — mas ela só tinha olhos para Mfundo. E Mfundo, naquela época virgem como eu — embora já acostumado com os olhares e gestos femininos — ficou lisonjeado por ser desejado por uma mulher mais velha, cobiçada por todos. Mas fez charme. Disse a ela que só "iria com ela" se ela também desse para mim. Isso mesmo. Mfundo sempre teve um coração generoso.

Naquela época, o pai dele já estava ausente havia alguns anos. Corria pelo bairro o boato de que um certo James Congwayo — um homem da Special Branch, a polícia repressora do regime do apartheid — teria tido envolvimento no desaparecimento.

Para aumentar a renda da família, a mãe de Mfundo tinha um caminhão que vendia *amalahle* para as casas que não tinham fogão elétrico — ou sequer eletricidade. Muitas vezes, eu e Mfundo ajudávamos o motorista a fazer as entregas, em troca de um trocado. Estávamos sempre com algum dinheiro no bolso.

Foi com esse dinheiro que compramos umas garrafas de sidra Hunter's Gold para aquela menina mais velha. Também demos um pouco aos meus irmãos menores "para comprarem doces" — na prática, um suborno para garantir o silêncio deles. Era um daqueles dias em que minha mãe estava no turno diurno, e meu pai ainda estava na escola, corrigindo provas.

Foi nesse dia que a gente foi lá e perdeu a virgindade. Lembro bem. Tínhamos passado uns minutos antes no banheiro nos masturbando e dando gargalhadas porque não queríamos gozar rápido demais e queimar nossa reputação. Depois das bebidas constrangedoras usuais, a mulher nos sugeriu partir para a ação. Fomos para o meu quarto. Ela sabia o que estava fazendo. Acho que nada que eu tivesse visto na revista *Scope* havia nos preparado para o que estava por vir.

Ela começou por beijar Mfundo e tirar suas roupas. Fiquei assistindo. Então, depois de ter dado e recebido o que achou suficiente de preliminares, ela pediu para Mfundo pôr as pernas dela sobre os ombros dele enquanto se inclinava para a beirada da cama e me deu meu primeiro boquete. Olhei para Mfundo quando estava para perder o controle. Nunca o amei tanto quanto naquele momento. Então ela trocou de parceiro e passamos uma tarde idílica de irmandade.

Esse tipo de relação continuou, de uma forma ou de outra, até que Mfundo decidiu que já éramos velhos demais para aquilo (se dependesse de mim, eu nunca teria dito isso. Ficar olhando Mfundo era a melhor parte da experiência. Claro que não contei isso a ele na época — provavelmente nem seríamos amigos hoje, se tivesse contado).

Penso agora em como fomos tolos. Tivemos sorte de ela não ter nenhuma doença venérea, ou de não ter engravidado. Se isso tivesse acontecido, certamente nunca saberíamos quem era o pai.

Depois disso, Mfundo começou a ter outras relações sexuais, sozinho, com outras mulheres. Isso não me incomodava. O que me incomodou foi quando, na 9ª série, apresentei Sli a ele e, pouco tempo depois, ele me disse que estava apaixonado por ela. Sli era minha vizinha e, embora inicialmente amiga de Vusi, acabou virando minha amiga depois que amadureceu demais para Vusi. Trabalhadora, inteligente — eu temia que Mfundo fosse destruí-la com seu charme despretensioso. Felizmente para Sli, ela logo se mudou para Protea North, e o relacionamento com Mfundo foi colocado em banho-maria por um tempo.

Mas agora, a pergunta que muitos me fazem depois de ouvir sobre minha primeira experiência sexual é:

— Se sua primeira vez foi com uma mulher, quando foi que você percebeu que seu tesão não era com elas, mas com homens?

13

Seria natural imaginar que foi na universidade que descobri minha sexualidade — ainda mais que eu estudava na UCT, capital gay da África do Sul, certo?

Mas não.

Durante toda a faculdade, cumpri o roteiro esperado: saía com garotas. Cheguei até a considerar a Sli por um tempo, mas ela nunca me deu muita atenção — exceto como o amigo cuja cama ela ocupava depois de uma noite de bebedeira na Long Street. Eu estudava Jornalismo. Sli fazia Medicina e estava cercada de colegas de óculos, de todas as raças, ansiosas para ficar comigo. (Uma delas tinha um pai executivo que financiava secretamente os fascistas do Movimento de Resistência Africâner. Tenho certeza de que ele a mataria e, em seguida, teria um ataque cardíaco se descobrisse que ela estava dormindo — embora "dormir" tenha sido a última coisa que fizemos — com um negrão de Soweto).

Elas me adoravam. As negras do resto do resto do continente e as brancas daqui. Sempre comentavam que eu era "muito bem articulado" para um garoto de Soweto, e queriam saber onde havia aprendido inglês daquele jeito. As meninas locais, porém, me detestavam. Sentia seus olhares me atravessando, dizendo "traidor", querendo saber o que essas "gringas" e "branquelas" tinham que elas não tinham. Eu não me importava.

Quer dizer... aquilo me incomodava em algum nível, lá no fundo, mas eu estava amando a atenção. Sei que até meu pai, que vivia dizendo odiar os brancos, teria considerado uma grande conquista se eu tivesse levado uma menina branca para casa. Já as *kwerekweres*, as africanas de outros países, ele não admitia. Por mais instruído que fosse, meu pai sempre achou que "esse povo" seria inferior ao nosso. Mas eu nunca achei.

Depois me formei e voltei para Joanesburgo. Consegui um emprego como Analista Sênior de Comunicação na AfriAID e, em poucos anos, fui subindo. Naquela época, e ainda hoje, era muito importante ser o primeiro negro em qualquer coisa, e fui promovido a "primeiro negro" Gerente de Comunicação. Mandava bem no trabalho. Os outros "primeiros negros" da mídia garantiam que eu sempre tivesse espaço na televisão, no rádio, nos jornais. Mais espaço do que qualquer ONG jamais teve — antes ou depois.

As garotas me adoravam. Os pais se orgulhavam. O dinheiro estava entrando, e logo comprei minha própria casa em Rembrandt Park. E sim: fui o primeiro negro no condomínio. Quando Sli se formou, a mãe dela comprou um apartamento no mesmo condomínio. Pouco tempo depois, ela e Mfundo estavam juntos de novo. Foi maravilhoso. Estávamos de volta. Os três mosqueteiros que, ao contrário do livro de Dumas, eram mesmo três, e não quatro.

Dias idílicos.

A cada duas semanas, eu passava um fim de semana com os meus pais, para dar um pouco de espaço para Sli e Mfundo. Era também minha forma de reencontrar o pessoal do salão do Pule — e, como Maria havia decepcionado bastante meus pais ao largar o ensino médio para ter filhos, eu aproveitava para levar uns mantimentos para a casa. Não que eles realmente precisassem, claro, mas eu gostava de fazer isso — e também aproveitava para brincar com meus *mchanas,* os sobrinhos. Foi nesse período que começou minha jornada de descoberta gay.

Quando eu estava visitando o velho bairro, fui ao nosso ponto de encontro, que ainda não havia perdido o charme: o salão do Pule.

Como sempre acontece nessas ocasiões, acabei bebendo demais. Qualquer homem solteiro conhece bem esse tipo de situação: quando se bebe tanto que nem volta para casa, e acaba dormindo no bar, mesmo. Ok, não dormi exatamente no salão do Pule, mas um amigo comentou que tinha mais bebida em casa, então subimos a rua juntos.

Esse amigo era um daqueles tipos *tsotsi,* malandro e marrento, famoso na vizinhança por ser pai de várias crianças da área e por seu estilo de vida machão. Dá para imaginar o choque da Sli e do Mfundo quando souberam, mais tarde, que ele tinha sido o meu primeiro.

Foi assim.

Chegamos à casa dele e continuamos a beber. Como sempre acontece quando se está bêbado, não temos nenhuma frescura e tomamos gim com Coca-Cola sem reclamar. Mais tarde, caímos na cama dele, como os garotos costumam fazer... de forma não sexual.

Mas, em algum momento da madrugada, ele começou a me acariciar.

Nunca tinha sido tocado assim por um homem, mas lembro bem que gostei e então fingi estar dormindo, porque não queria que ele pensasse que eu era gay, mesmo porque, até aquele momento, eu nunca havia questionado minha orientação sexual. Mas também não questionei em voz alta. Tinha acontecido uma vez. Ninguém precisava saber. Além do mais, eu tinha uma namorada. Para ser honesto, ela levava nosso relacionamento muito mais a sério do que eu... e mesmo antes dessa primeira experiência gay, eu já não tinha certeza se queria algo duradouro com ela.

Depois que aconteceu, fiquei com vergonha de mim mesmo, sentia-me sujo, assustado com as emoções que aquilo despertava. Entrei em pânico. Homens de verdade não faziam esse tipo de coisa, certo? E o pior: depois daquilo, comecei a me flagrar babando, olhando os braços e os traseiros de outros homens e, em seguida, sacudia-me e xingava-me por dentro por isso.

E, mesmo assim, continuei voltando até ele. E ele também começou a me visitar no condomínio. Para todo mundo, éramos dois machões trocando ideias sobre mulheres e ouvindo Tupac enquanto bebíamos cerveja com a Sli e o Mfundo. Mas quando eles iam embora, corríamos para os braços um do outro.

Nunca conversamos sobre o que estávamos fazendo. O que eu disse a ele foi que estava pensando em me casar. Ele achou a ideia brilhante: se eu fosse casado, ninguém suspeitaria de nada. Além disso, Siyanda era a mulher certa para mim: me amava, era inteligente, instruída, bonita. Minha mãe não gostava muito dela — nem de seus modos — mas meu pai sim. Isso já não era motivo suficiente para casar? Assim, pedi Siyanda em casamento.

Ela disse sim. Ficou eufórica quando coloquei um anel enorme em seu dedo, cortesia do meu amigo *tsotsi* do armário (daqui em diante, AIO: Amigo Íntimo Oculto). Ela não fazia ideia e achou que eu tinha raspado todas as minhas economias. Lembro de como ela adorava exibir o anel para as amigas invejosas. E sim, talvez ela visse o casamento comigo como uma conquista, afinal, quantos homens por aqui realmente se casam com suas parceiras, sejam homens ou mulheres? A maioria das relações duradouras, hoje em dia, parece ser *vat-en-sit,* morar juntos.

Pobre garota. Se ela soubesse então... Mas só viria a saber bem mais tarde.

Meu pai reuniu uma comitiva e fomos pagar o *lobola,* o dote tradicional. Dessa vez, as economias foram mesmo raspadas, mas ele achava que valia a pena. Minha mãe discordava. E a Sli também. Isso descambou para uma discussão pesada, com ela dizendo que não acreditava que eu amasse a garota — e eu respondendo que talvez ela estivesse com raiva porque o Mfundo ainda não tinha pedido sua mão.

Ficamos uma semana sem nos falar, e senti falta dela e do Mfundo. Um dia, levei uma caixa de cerveja até a porta deles e todos agimos como se nada tivesse acontecido.

Depois que o *lobola* foi pago, começamos a preparar o contrato pré-nupcial. Não fui eu quem quis (talvez por me sentir culpado), mas ela insistiu. Do jeito pragmático dela, disse:

— Estamos apaixonados agora, mas e daqui a sete anos, se um não estiver mais?

Cedi. Cada um manteria o que era seu. Ela se mudaria para meu sobrado e alugaria sua casa em Melville.

Logo começamos a economizar para o casamento. Todos os nossos amigos colaboraram. Mfundo foi meu padrinho, enquanto Siyanda — que não tinha muitas amigas — acabou, meio a contragosto, pedindo à Sli para ser sua madrinha. Foi um casamento memorável, e parecíamos destinados a uma vida idílica: a jovem do mundo corporativo e o famoso ativista de direitos humanos prontos para conquistar o mundo.

Enquanto isso, o AIO havia alugado um apartamento em Yeoville, do qual cada um de nós tinha uma chave.

Joanesburgo é uma cidade pequena, e era surpreendente como eu conseguia enganar minha esposa. Talvez ela estivesse ocupada demais com sua vida no mundo corporativo para se preocupar se meu passaporte realmente tinha carimbos das tais viagens de trabalho nos fins de semana pela região da Comunidade de Desenvolvimento da África Austral.

Um ano depois, para a alegria geral, Siyanda deu à luz a gêmeas. Meu pai teria preferido que uma delas levasse o nome dele, mas nós as batizamos de Siyanda e Sisanda Khumalo. Era o retrato da perfeição.

Enquanto isso, o AIO e eu continuávamos com nossas escapadas.

No trabalho, as coisas seguiam quase no mesmo ritmo, com a novidade de um sujeito zimbabuano muito gente boa, recrutado em Oxford, que havia se juntado à organização como Gerente Regional. A razão de ele ter escolhido a nossa ONG, apesar de ter formação em Cambridge e Oxford, ficou clara quando me contou o que estudou no mestrado... Estudos do Desenvolvimento. Há um limite para o que se pode fazer com esses diplomas teóricos. Tinaye e eu passávamos os almoços destilando críticas ao Secretário-Geral e, de vez em quando, dividíamos uma cerveja às sextas-feiras depois do expediente.

Embora ele nunca tenha ido à minha casa, Tinaye era, no ambiente de trabalho, o que Sli e Mfundo eram no meu lar: meus pilares. Siyanda também era importante para mim, claro, mas havia muitas coisas que eu conseguia dizer aos outros três que nunca conseguiria dizer a ela.

Então, num fim de semana, quando as gêmeas completaram um ano, tudo mudou.

Estávamos todos no bairro — todos, menos Siyanda, que levava o trabalho tão a sério que costumava ir ao escritório até aos sábados. As meninas estavam felizes, sendo mimadas pelos avós e pela tia Maria. E corria a notícia de que AIO ia fazer um *braai*. Todos nós fomos, Sli, Mfundo e eu. E por que não? Um churrasco é a forma mais sul-africana possível de passar uma tarde de sábado.

Depois de algumas bebidas, AIO me lançou uma piscadela e sugeriu, em voz alta para todos ouvirem, que eu o ajudasse a pegar umas caixas nos fundos, para buscarmos mais bebida. Pisquei de volta e fui atrás.

E foi com esse único ato imprudente e cheio de desejo que meu belo castelo de cartas veio abaixo. E que eu saí do armário...

14

O tempo voa quando estamos nos divertindo — ou no auge da paixão, como descobri naquele dia. AIO e eu tínhamos acabado de terminar o que estávamos fazendo. Estávamos naquele breve momento pós euforia em que os dois sabem que precisam se levantar rápido e vestir as calças, mas tentam fazer render cada segundo.

Foi então que aconteceu.

Parecia um daqueles momentos em que tudo parece estar em câmera lenta. Aquele instante em que, se minha vida fosse o *Titanic*, eu estaria cheio de *joie de vivre*, dançando, cantando, sentindo-me o rei do mundo... até ouvir o estrondo do iceberg atingindo o casco.

Nesse caso, o estrondo foi a porta se abrindo de supetão. E o iceberg era o Mfundo.

— Por que essa demora aí, caras...? — disse ele, e então, quando os olhos se ajustaram à escuridão, nos viu.

O olhar dele se congelou em choque, antes de fechar a porta.

AIO olhou para mim horrorizado. Eu devia estar com a mesma expressão no rosto.

O que me deu para ser tão descuidado?

Por que não consegui me contentar em ser pai das gêmeas e marido da Siyanda?

Era isso?

E mesmo assim, de certa forma, parecia que um peso saía das minhas costas, pensei, enquanto vestia minhas roupas. AIO, que já estava vestido, começou a xingar e a enfiar garrafas vazias no engradado.

— Espero que seu amigo viado não vá sair por aí falando para todo mundo — disse.

Eu já me sentia envergonhado por ter sido descoberto pelo Mfundo, mas agora esse cara estava me irritando profundamente.

Virei-me para ele:

— Cara, você tava transando comigo, e agora é o China que é viado? Ah, vai se foder.

Peguei a caixa e saí.

Quando voltei para o *braai,* Mfundo e Sli tinham sumido.

Perguntei a um dos caras onde eles estavam.

— Estão no carro — respondeu alguém. — China voltou aqui do banheiro ou sei lá de onde e só chamou a Sli, disse para ela ir com ele até o carro. Falou alguma coisa de que sua mulher tinha ligado, que precisava de você em casa e que era para você ir para o carro. Mas ó, não entendi direito essa de sua mulher estar ligando para o China. Você sabe como são esses músicos... Será que essas crianças são mesmo suas, *ndoda*?

Todo mundo caiu na risada.

Eu não estava no clima.

Não sabia o que o Mfundo diria. Ou se ao menos olharia na minha cara. Mas eu precisava ir até o carro e encarar o que viesse.

Meeeerda...

Fui até o carro.

Mfundo abriu a porta de trás sem dizer uma palavra. Tínhamos ido ao bairro num carro só, então me espremi no banco de trás, entre as cadeirinhas das gêmeas. Não sabia como encarar ele. Nem a Sli.

Tinha a impressão de que ele já tinha contado tudo a ela.

Fiquei em silêncio.

Mfundo ligou o motor e arrancou, levantando poeira.

Vi o rosto da Sli pelo retrovisor. Seu rosto era como um ponto de interrogação permanente.

— Uhm... rapazes, alguém aí quer me contar o que foi aquilo? Porque eu estava realmente animada param comer o *braai*, preciso dizer — disse ela.

Talvez não. Ou talvez a Sli estivesse jogando um verde, tentando arrancar minha versão da história. Um segundo antes de abrir a boca, ela parecia já saber de alguma coisa.

Mfundo respondeu rápido:

— Olha, vamos conversar sobre isso quando chegarmos em casa. Agora a gente precisa sair daqui.

E acelerou, subindo até Maponya e virando à direita no posto.

Sli olhou para ele e falou:

— Babe, não quero dizer como você tem de dirigir, mas não era melhor virar à esquerda para passar em Dube e pegar as meninas?

— Não. Vou ter que ligar para Siyanda e pedir para ela buscar as crianças depois do trabalho. Diz que a gente voltou para casa e bebeu demais, sei lá — respondeu ele, com a mandíbula travada, assumindo o controle.

Ela pôs a mão no joelho dele e disse:

— Ah, Babe... também não foi tão grave assim. Vamos buscar as meninas e depois a gente conversa.

Foi aí que eu soube: ela sabia.

Mfundo respondeu:

— Slindile, deixa isso para lá. Todo mundo vai para casa. Merda!

Ele disse isso batendo com força no volante e pisando no freio com mais agressividade do que o necessário, quando chegamos ao sinal em frente ao Home Affairs. Fomos projetados para frente e minha cabeça bateu com força no encosto do banco da Sli. Achei que eu merecia.

Merda, merda, merda.

Por que isso tinha que acontecer justo comigo?

Fooooooooooda-se!

Por que eu não podia simplesmente ser como os outros homens e me contentar em gostar de mulheres?

Quando chegamos a Rembrandt Park, Mfundo ainda estava no modo comandante:

— Vem por aqui — disse, apontando para a casa deles, garantindo assim que eu não pudesse simplesmente escapulir para minha casa, me enterrar no meu próprio sofá e esperar que tudo passasse.

Entramos na casa e eu e Sli nos sentamos em sofás opostos, enquanto Mfundo foi até a geladeira e voltou com uma cerveja para cada um. Notei que, antes de sentar com a gente, ele passou no bar e tomou uma dose de uísque. Por um instante, comecei a sentir mais pena dele do que de mim mesmo, por ter sido descoberto.

Comecei a me xingar mentalmente por não ter protegido meu melhor amigo dessa revelação — era evidente que ele não estava sabendo lidar com o que tinha visto.

— Sli, o Mfundo me flagrou... enroscado... com o ***.

Esperei ver no rosto dela a mesma expressão de choque que vi no do Mfundo, mas tudo o que ela disse foi:

— Eu sei. O Mfundo já me contou. Mas, do jeito que vocês dois estão agindo, parece que alguém morreu. Gente, não é o fim do mundo, vamos lidar com isso, está bem?

Olhei para o Mfundo, completamente sem entender.

"Está bem?" Essa era o veredito da doutora Sli?

Claro que era o fim do mundo! Meu melhor amigo me flagrou numa situação comprometedora com outro homem, e tudo o que minha outra melhor amiga tinha a dizer era "está bem"?

— "Está bem"? Como assim "está bem", como se não fosse nada? — perguntei.

Ela deu uma risada seca, sem humor:

— Ah, querido, porque realmente não é nada demais. Eu já sabia que você era — e virando-se para o Mfundo: — Lembra que te falei o que eu suspeitava, mas você não acreditou?

Depois, voltando-se para mim:

— Aliás, o principal motivo de eu ter sido contra esse casamento foi porque eu sabia.

— Como assim você sabia? O que eu fiz para você saber?

E, mais importante ainda: se Sli sabia, quem mais sabia? Meu pai sabia? Será que era por isso que ele gostava tanto da Siyanda e estava tão animado em reunir uma comitiva para pagar o lobola?

Sli respondeu:

— Para de surtar. Nenhuma mulher mora na Cidade do Cabo o tempo que eu morei sem desenvolver um certo radar gay. E você protestava demais contra gays para ser cem por cento hétero. Esse papo todo de "Mugabe[8] está certo", "Deus criou Adão e Eva, não Adão e Estevão"... tava escrito na testa: gay em negação. Muita bandeira. E não pense que eu não percebo quando você fica filmando os homens que passam quando acha que ninguém está vendo. Coitada da Siyanda...

Mfundo, que até então tinha ficado só ouvindo nossa troca, parecendo em estado de choque, de repente bateu com a mão na testa e disse:

— Caralho, tinha esquecido dela. Mas vem cá, você tem certeza que é gay? Ou bi? Ou isso foi só uma fase de experimentação? E se tem certeza, quando você descobriu?

Mfundo. Maldito artista. Sempre analisando tudo.

Senti vergonha de dizer, mas eles tinham sido tão compreensivos que eu devia isso a eles.

— Descobri pouco antes de pedir a Siyanda em casamento.

Os dois me olharam espantados e gritaram:

— O quê?

Assenti com a cabeça.

— Foi por isso que eu pedi. Aconteceu uma vez com o *** e eu comecei a pensar que talvez fosse só porque eu estava bêbado, e que eu precisava afirmar minha masculinidade. Para mim mesmo, e para todo mundo. Então, eu propus. — Dei uma risada amarga. — E olha que ironia: continuei me encontrando com o *** depois, e foi ele quem conseguiu aquele anel caríssimo que eu dei para Siyanda no noivado.

— Pelo amor de Deus, Mzi, como você pôde fazer isso com ela? Como pôde ser tão frio a ponto de se casar sabendo de tudo? Que tipo de pessoa é tão obcecada por si mesma, tão egoísta com as necessidades do outro, a ponto de fazer uma coisa dessas, hein?

E então, por alguma razão, Sli começou a chorar. Eu sabia que ela não gostava muito da Siyanda, então aquilo me pegou de surpresa.

Ou talvez fosse TPM, uma reação hormonal?

Fiquei tão mal de ver a Sli chorando que comecei a chorar também. Siyanda era tão boa comigo. Como eu ia contar isso a ela? Que tipo de homem eu era?

Fui até Sli e a abracei. Choramos juntos. E, enquanto sentia o peso de seus seios contra meu peito, me perguntei por que eu simplesmente não conseguia ficar com uma mulher. Por que eu precisava complicar tanto a minha vida?

Foi ali que percebi que, por mais que eu tentasse mudar o destino, havia coisas — como minha sexualidade — sobre as quais eu não tinha controle.

Não notamos que Mfundo tinha saído até ele voltar e jogar uma caixa de lenços Kleenex com força na mesa de vidro ao lado do sofá onde Sli e eu ainda estávamos abraçados.

— Tudo bem, mocinhas, chega de drama. E agora, qual é o plano de ação?

Sli e eu caímos na risada entre fungadas. Aquilo era tão típico do Mfundo: sempre tentando resolver os problemas.

— Não tem plano. Me sinto um lixo só por ter envolvido a Siyanda nisso. A melhor coisa a fazer é contar para ela, contar para minha mãe, talvez procurar um emprego fora da cidade para deixar tudo esfriar e torcer para que meu pai nunca descubra — respondi.

— Mas e sua mãe? Ela não vai contar para ele? — perguntou Sli.

— Não... Além disso, acho que ela já desconfiava de alguma coisa também. E conhece o meu pai, sabe como ele é. Ia dar um jeito de jogar a culpa nela, dizer que sou assim porque ela nos criou na cidade, do jeito errado.

Foi um alívio tirar esse segredo do peito. Passamos o resto do dia bebendo e comendo o *braai*. Me senti sortudo por ter aqueles dois como amigos.

Com a Siyanda, não foi tão simples.

Durante dois meses, tentei várias vezes contar, mas ela sempre encontrava um jeito de evitar o assunto. Acho que, no fundo, ela sabia — mas não queria saber. Eu era o homem com quem ela havia decidido passar o resto da vida, e nada do que eu dissesse mudaria isso.

A pressão da Sli e do Mfundo também não diminuía. Todos os dias, perguntavam-me se eu já tinha contado.

— Estou tentando, mas ela não...

Eles não acreditavam. Achavam que eu estava protelando. Mas eu juro que não. É que ela realmente não queria saber. Convenientemente, ela trabalhava seis dias por semana e passava o domingo quase todo na igreja. Tinha virado devota, e acho que representante de uma igreja pentecostal chamada Christ's High Commission, liderada por uma certa pastora Christina. Eu não tinha problema com a fé dela — cada um com a sua — mas me preocupava o fato de ela estar se ausentando tanto de casa. Parecia-me que ela estava fugindo daquilo que eu tinha a dizer.

O estranho era que, não importava a hora que ela chegasse, ainda esperava que eu cumprisse meus deveres conjugais. E eu, por culpa, fazia isso, alimentado por lembranças já desbotadas do tempo com o AIO.

Até que, um dia, não aguentei mais. Quando ela tentou me tocar, eu disse:

— Olha, Siyanda, eu venho tentando te contar isso há muito tempo e você parece estar evitando. Eu sou gay.

Ela fingiu que não tinha ouvido e respondeu, com certo desprezo:

— *Hhayi, Mntungwa,* se você está cansado, por que não diz logo? Não precisa chegar ao ponto de dizer que é um *daqueles.*

— Siyanda, me desculpa, mas eu sou um *daqueles.* Agora, por favor, me liberta dessa angústia. Vamos nos divorciar. Eu cuido das crianças, faço o que for preciso, mas não consigo mais continuar com isso — respondi, enquanto acendia o abajur ao lado da cama.

Ela ficou furiosa.

Vi aquela mulher linda, cujo rosto antes parecia sereno após tirar a maquiagem e passar o creme noturno, se transformar. Ela subiu em cima de mim e começou a me socar no rosto. Fiquei deitado, sem reagir, até que ela se cansou e se deixou cair de cima de mim.

Eu merecia. Sabia que tinha desperdiçado o tempo dela; que a tinha humilhado. E merecia cada um daqueles socos no rosto, embora não estivesse ansioso pelos prováveis hematomas do dia seguinte.

Então ela começou a chorar. Não era o tipo de choro que a Sli teve comigo. Eram soluços intensos, profundos, que sacudiam o corpo inteiro. Minha sexualidade estava fazendo as mulheres chorarem.

Esse tipo de coisa provavelmente deixaria um protagonista de Yukio Mishima em êxtase, mas, a mim, não trazia nenhuma alegria.

Naquele momento, decidi: o que ela quisesse, ela teria. Se ela quisesse a casa, apesar do nosso acordo pré-nupcial, eu, Mzilikazi Khumalo, daria a ela. Se quisesse que eu ficasse com a guarda das crianças porque, naquele momento, não suportava olhar para elas, e depois exigisse a custódia de volta quando fizessem dezesseis anos, tudo bem também. Se quisesse todo o meu dinheiro da pensão e tudo o que eu ganhasse, exceto o mínimo para eu sobreviver, podia levar.

Disse tudo isso enquanto ela chorava, deitada ao meu lado, com o rosto enterrado no travesseiro, os ombros tensos, o corpo virado rigidamente para longe de mim, embora ainda muito próximo.

Talvez eu tenha decidido rápido demais.

Ela me ignorou pelo resto da noite, enquanto eu fazia todas essas promessas. Mas me lembrou de tudo na manhã seguinte.

A única coisa que ela queria de mim:

— Mzilikazi, querido — disse ela, como se a noite anterior tivesse sido um detalhe —, *uSatani ufuni kutixabanisa,* isso é Satanás querendo nos separar. Sei o que você me disse ontem à noite, mas tenho certeza de que a gente pode superar isso juntos. A única coisa que eu quero de você é que venha comigo à igreja, e a pastora vai orar por você, expulsar o diabo do nosso casamento.

Tenho certeza de que olhei para ela como se estivesse louca, porque, toda vez que lembro dessa conversa, é essa a sensação que tenho.

— Siyanda, meu bem — disse —, acho que você não entendeu. Sinto atração por homens desde antes de a gente se casar. Só casamos porque eu estava confuso, sobrecarregado com tudo que sentia. Não consigo mais continuar com isso. Me sinto vivendo uma mentira, e simplesmente não dá mais — respondi, com o que eu esperava ser um tom definitivo sobre a visita à igreja e sobre o casamento.

— Então por que você se deu ao trabalho de casar comigo? — ela perguntou, com raiva.

Eu já tinha explicado. Estávamos girando em círculos. Mas cabia a mim explicar tudo e pedir desculpas por completo. Fui eu quem a colocou nessa situação, porque não fui verdadeiro comigo mesmo.

Menti para mim e para ela por tanto tempo, que até tive filhos com ela tentando ser "normal".

Às vezes eu queria que os homens tivessem a mesma capacidade de amar que as mulheres têm. Não. Não estou dizendo isso porque sou gay e quero agradar à irmandade feminina.

Honestamente.

Depois de toda a longa explicação, Siyanda sugeriu que, pelo bem das crianças, talvez devêssemos continuar casados — e que eu poderia fazer o que quisesse, desde que fosse em segredo.

— Afinal — acrescentou —, há muitas mulheres neste país que vivem em casamentos polígamos. Podemos considerar isso como uma espécie de poligamia do século 21. Eu não me importo em te dividir, de verdade mesmo.

Fiquei pensando se era isso que minhas duas mães tinham sentido em relação ao meu pai. Será que teriam reagido diferente se não fosse com outra mulher, mas com outro homem? Fiquei surpreso.

Siyanda, essencialmente, estava me dizendo que estava disposta a viver uma relação bígama comigo e com outro homem.

Dá para imaginar tamanha capacidade de amar?

Só que então ela disse:

— Como você acha que eu vou conseguir lidar com isso? O que vão dizer as pessoas que conhecem a gente, ou que frequentam a igreja comigo?

E foi aí que percebi: talvez não fosse exatamente amor. Talvez ela estivesse com medo de que eu saísse do armário e virasse motivo de vergonha para sua carreira e sua vida social — a mulher que foi casada com o "viado".

E eu não queria isso para ela, assim como não queria para mim. Nas semanas anteriores, eu já vinha aceitando minha sexualidade, mas ainda não estava pronto para que meu pai soubesse. Na verdade, provavelmente nunca estaria, nesta vida.

Lembro de uma vez em que estávamos assistindo ao noticiário juntos, e apareceu uma matéria sobre o casamento entre pessoas do mesmo sexo finalmente ter sido legalizado na África do Sul pelo Tribunal Constitucional. O olhar de nojo que ele fez enquanto dizia:

— *Voetsek. Ingqingili.* Será que esses aí não veem que isso aqui é África? Querem vir poluir este continente com suas ideias eurocêntricas? E você, que vive trabalhando nessas ONGs falando de direitos humanos... esses aí não estão infringindo nossos direitos, trazendo essas ideias não-africanas para este país? E isso num país cristão ainda por cima! O que vai ser o próximo passo? O Tribunal vai liberar casamento com cabra? *Sies!*

Quando essa decisão foi promulgada, eu já estava me relacionando com o AIO. Lá no fundo, pensei na hipocrisia do meu pai, falando do que é ou não africano, quando ele mesmo não conseguia aceitar outros africanos a menos que fossem sul-africanos; falando de cristianismo, quando não ia à igreja desde que eu estava na quinta série.

E mesmo assim, eu também era um hipócrita. Porque, mesmo não estando pronto para lidar com minha sexualidade naquela época, também não tive coragem de dizer a ele o quanto a visão dele estava errada.

Acho que, mesmo com mais de trinta anos, eu ainda tinha o mesmo medo do meu pai que sentia quando era menino, lá no interior de KwaZulu-Natal, e só via meu pai uma vez por ano. Naquele dia, só balancei a cabeça em concordância e murmurei algo sobre como "isso de ser gay é errado".

— Então se a gente se divorciar, o que você pretende fazer? Sair desfilando seus homens por aí e me envergonhar diante dos meus clientes e amigos? — ela perguntou.

Respondi que estava pensando em me mudar para a Cidade do Cabo depois do divórcio.

— Acho uma boa ideia — respondeu Siyanda. — Mas eu não quero um divórcio. Quero uma anulação.

Aquilo foi duro. Ela não queria nenhum registro da existência do nosso casamento. Acho que mereci.

15

O mundo das ONGs — também conhecido como Organizações da Sociedade Civil ou CSOs — é uma grande, embora íntima, família, que às vezes tem suas rachaduras. Teleconferências com gente da Ásia, Europa, Américas e até outras partes da Europa (nem tanto do mundo árabe) podem gerar grandes amizades, desabafos e até ofertas de emprego.

Era esse o universo em que eu vivia enquanto atravessava meu divórcio.

Também é um mundo que ama a África — mas não parece compreendê-la, nem se esforça para isso. Quando o cachorro de uma das colegas expatriadas morreu, choveram e-mails coletivos com mensagens de pêsames, vindas até dos Estados Unidos; ela ganhou vários dias de folga até se sentir melhor; e um outro amante de animais de um dos escritórios organizou uma vaquinha para comprar um cartão e flores para a enlutada.

Isso fez com que todos os africanos da organização, não importando de qual país, cochichassem entre si:

— Isso é loucura. Eu? Contribuir por causa de um cachorro? Tanta criança passando fome e querem que a gente doe por causa de um cachorro morto?

E o outro:

— Ah, mas você sabe como esse povo é. Nunca viu naqueles programas tipo *Celebrity Weakest Link*? Os brancos sempre doam os prêmios para ONG de bicho, enquanto os nossos preferem dar para instituições que ajudam gente.

— E tem mais. *Thina,* todo mundo sabe que cachorro fica do lado de fora de casa, mas esse povo dorme com eles dentro do quarto e dá comida no mesmo prato. E nem se dão o trabalho de saber onde mora a empregada que cozinha e limpa para eles.

E a conversa seguia. Mas, como costuma ser entre pessoas negras em ambientes onde o poder está nas mãos dos brancos, tudo isso era dito em privado. Quando a colega voltou ao trabalho, a maioria correu para abraçá-la, dizer como estavam tristes, e até:

— Vou passar na copa, posso te trazer um café?

E tudo isso... por causa da morte de um cachorro.

Agora veja o contraste: quando a recepcionista quis tirar folga para enterrar a irmã — ou "prima", como os ingleses dizem — teve que usar os dias de férias. Porque, segundo informaram, "não é parente de primeiro grau". Entende o que eu quero dizer?

Mas dei sorte, porque no meu caso era divórcio. E divórcio é algo que os brancos realmente entendem e com o qual se solidarizam. Acho que até deixei escorrer uma ou duas lágrimas enquanto um colega expatriado me levava para almoçar, tentando me animar.

Todo mundo foi muito compreensivo... e aproveitei a deixa para dar a entender que eu estava buscando algo no setor de ONGs na Cidade do Cabo.

— Só preciso sair daqui... está me destruindo a ideia de topar com ela a qualquer momento... blá blá blá.

Não demorou muito para surgir uma oportunidade. Como eu já disse, essa família é grande, mas bem conectada — mesmo quando as pessoas só se conhecem por e-mail. Todo mundo na AfriAID dizia o quanto seria triste me ver partir, mas ninguém colocou dificuldades para me liberar do contrato.

O único que não ficou convencido foi Tinaye. Queria saber o que realmente tinha acontecido. Mas, assim com meu pai, eu tinha medo do que ele poderia pensar. Dizem que o pessoal lá do norte é homofóbico. Mugabe que o diga. Então fui embora sem contar ao Tinaye o que estava de fato acontecendo.

Fiquei triste por deixar a Sli e o Mfundo — afinal, eles tinham sido meu apoio, e eu estivera fisicamente com um ou com outro desde os oito anos de idade. Mas eu precisava ir.

Agora que eu havia reconhecido meu "eu gay" e saído do armário, precisava recomeçar em outro lugar, sem o medo constante de topar com meu pai ou com alguém que me conhecesse, ou conhecesse a Siyanda.

Com Siyanda de volta à casa dela, com as crianças, aluguei minha casa para um novo colega da

AfriAID, recém-contratado por um período de três anos.

Sabia que não voltaria a viver em Joanesburgo tão cedo.

Ao chegar à Cidade do Cabo, fiquei por um tempo na casa de um amigo do trabalho, porém, menos de uma semana depois, já havia encontrado um lugar só meu. O novo apartamento era funcional, dois quartos. Um conhecido meu do mundo das ONGs tinha ido fazer doutorado na Europa e queria alguém que tomasse conta do imóvel. Havia espaço suficiente para as meninas quando viessem me visitar, e eu estava perto do trabalho e de tudo que importava.

O novo emprego era numa ONG nacional, não internacional, o que, como sempre, significava mais problemas de financiamento. Mas não precisei aceitar redução de salário, porque eles realmente precisavam de mim, e por isso fui grato. Eu teria que cuidar de muitos trabalhos que, em Joanesburgo, delegava aos meus subordinados — mas não me importava.

Pela primeira vez em muito tempo, sentia-me real e verdadeiramente livre. Acho que ninguém entende esse tipo de liberdade a não ser que tenha sido casado com alguém abusivo e esse alguém tenha morrido — ou, como eu, tenha vivido uma mentira e finalmente tenha passado a ser fiel a si mesmo.

Que mentiras foram minha vida e meu casamento em Joanesburgo... Agora eu podia ser quem sempre quis ser, sem reprimir isso por causa das expectativas distorcidas que eu e a sociedade tínhamos sobre o que um homem africano deveria ser. Nesta cidade, sem meu pai nem todos aqueles parentes de *emakhaya*, eu finalmente podia me tornar um indivíduo, e não alguém moldado pelas exigências sociais, por mais irracionais que fossem.

Claro que eu já tinha provado um pouco dessa liberdade antes — nos fins de semana que passava no apartamento do AIO em Yeoville, enquanto minha ex-esposa achava que eu estava fora do país.

E o AIO, o que aconteceu com ele?

Ele me ligou algumas vezes antes de eu deixar Joanesburgo, tentando me convencer a ficar e continuar nosso lance. Pensei no assunto, mas não podia. Eu queria mais. Não sou do tipo que gosta de demonstrações públicas de afeto — seja com homem ou com mulher —, mas queria me sentir à vontade para segurar a mão dele, se fosse o caso, quando estivéssemos em público.

E ele não estava pronto para isso. Nunca estaria. A vida dele seria sempre aquela: de mulherengo durão, que queria que todos acreditassem nessa fachada, enquanto, às escondidas, buscaria outro "eu". Eu não estava mais disposto a viver essa mentira — salvo, talvez, com meu pai.

Estar de volta à Cidade do Cabo depois de tanto tempo era como reviver os tempos da UCT — só que agora eu jogava no "outro time", por assim dizer, e, apesar da distância, era responsável por duas criaturinhas que eu amava de todo coração.

Não que eu tenha chegado à Cidade do Cabo e começado a caçar parceiros em clubes gays ou saído por aí chamando todo mundo de "querido" e distribuindo beijinhos no ar.

Ok, sendo honesto: quando cheguei, eu de fato comecei a frequentar clubes gays. Mas sério: quem não faria o mesmo? Eu me sentia como criança em loja de doces. Ou como um garoto criado por pais autoritários que de repente vai parar num internato liberal. Livre. Eu estava livre.

Mas tomava cuidado para que meus colegas de trabalho não soubessem. Se descobrissem, eu não negaria. Veja bem, eu não escondia mais por vergonha, como antes. Agora era simplesmente porque... não era da conta deles.

Acho que cheguei a visitar todos os clubes gays considerados "badalados" no meu primeiro mês por aqui. Logo, porém, a gente cansa. Nunca fui fã de *house music* — e parece que isso é *de rigueur* em muitos desses lugares, por alguma razão.

Além disso, depois dos trinta, há um limite para quanto se pode dançar. Nunca gostei muito de música alta, e não era agora que eu ia começar.

Nesse meio-tempo, eu tinha feito novos amigos, mas sentia falta dos antigos. As coisas não pareciam estar indo muito bem para meu casal favorito, Sli e Mfundo. Eles vieram me visitar no meu segundo

Natal na Cidade do Cabo, com a pequena Noma, e ficaram por duas semanas.

Aquela menina é adorável. Tem olhos grandes, cílios espessos e o sorriso mais sapeca do mundo — daqueles que te fazem querer apertá-la e nunca mais soltar. E ela tem um jeito de franzir o rosto sempre que vai chorar, de modo que a gente sabe que vem choro pelo menos uns dez segundos antes do som sair.

— Mfundo, ela é a sua cara — comentei, vendo a testa do meu amigo e o formato da cabeça dele refletidos nos traços da pequena.

— Nada disso. Esses cílios são meus — retrucou Sli.

— Está bom, vai. Você fica com os cílios e os olhos, e o Mfundo com a testa e o formato da cabeça. Assim todo mundo ganha, fechado?

Rimos todos.

Teve um momento em que Sli me puxou de lado e disse, baixinho:

— Fala com seu amigo, diz para ele que precisa arrumar um emprego. Eu não dou mais conta.

Acho que o Mfundo desconfiava do que ela tinha me pedido. Dava um jeito de nunca estar disponível para esse tipo de conversa séria.

Não sei o que aconteceu com ele, de verdade. Sempre tão macho, era o tipo que se dedicava a dar tudo para Sli — e, quando a filha nasceu, queria ser tudo para ela também. Mas em algum momento, acho que ele acabou se acomodando no papel de doméstico, e se apaixonou pelo tempo livre que tinha para compor música nova.

Talvez também tenha se desgastado com tudo, claro. Ser demitido durante a licença-paternidade não é exatamente o paraíso de ninguém.

E depois, por mais que tentasse, ficou um tempo sem conseguir arrumar emprego, mesmo com todas as conexões. A indústria de radiodifusão na África do Sul não é tão grande assim — e ninguém queria arranjar confusão com o magnata da música conhecido como Emzee.

Mas tentei ajudá-lo. Cheguei até a tentar encaixá-lo em um cargo na AfriAID. Como eu ia saber que aquele pessoal tinha contratado justamente o infame James Congwayo como novo Secretário-Geral. Quando o Mfundo me ligou, furioso, dizendo que não aceitaria o cargo, eu entendi. De verdade.

James, veja bem, era um dos homens da Special Branch que diziam estar envolvidos no desaparecimento do pai de Mfundo. Claro, nunca houve prova concreta do que realmente aconteceu, mas uma coisa que o Mfundo e a família lembram bem é que James era um dos que invadiram a casa deles de madrugada, revirando colchões e exigindo documentos da Frente Unida Democrática, o movimento anti-apartheid.

Talvez ele não tenha enterrado o pai do Mfundo numa cova rasa, nem o jogado numa mina abandonada, mas ele certamente sabia de alguma coisa.

Como esperar que o Mfundo aceitasse trabalhar sob o comando dele?

Acho que meu camarada entregou os pontos. Depois, acomodou-me com a rotina de ficar em casa com a filha. E agora a Sli tinha embarcado numa campanha estilo: "vá trabalhar, negro", como diziam os brancos, e ele simplesmente não conseguia sair da zona de conforto onde tinha se refestelado.

Tentei abordar o assunto algumas vezes, mas ele sempre cortava.

Teve uma vez que respondeu:

— Não entendo qual é o problema. Se fosse a Sli que tivesse decidido ficar em casa e eu estivesse bancando tudo, ninguém falaria nada. E eu estaria de boa com isso.

Durante aquela viagem deles à Cidade do Cabo, uma vez ele disse, meio que brincando, e na frente da Sli:

— *Mzi*, meu irmão, às vezes acho que um homem só consegue amar uma mulher de verdade uma vez na vida. A Sli é essa mulher, para mim — e deu uma risada seca — mas não sei se é assim para ela também.

E saiu para o banheiro.

Vi a Sli estremecer.

Eu amava os dois profundamente, por isso, doía ver aquilo.

Mas, no fundo, eu sempre soube que o Mfundo amava a Sli mais do que ela o amava. Era uma daquelas coisas evidentes: você via o cara se entregar completamente, fazer tudo por ela, e percebia que, embora a mulher também fizesse tudo “certo”, uma parte dela permanecia sempre meio distante.

Uma vez a Buhle me perguntou por que eu achava que a Sli estava com o Mfundo. Respondi, automático:

— Porque se amam, obviamente.

Mas, pensando bem depois, comecei a achar que talvez, quando a Sli voltou da Cidade do Cabo, tenha simplesmente escolhido o Mfundo porque ele era familiar.

Pode ser que Sli ainda amasse o homem que esperou que o Mfundo se tornaria, tantos anos atrás, e agora apenas tolerasse o menino que achava que ele havia se tornado.

Sli havia cometido aquele grande erro que tantas pessoas cometem ao voltar para seus amores de infância: apaixonou-se por uma ilusão. E agora estava tentando encontrar uma forma de se libertar, porque aquilo já não era o bastante para ela. Suspeito que, mesmo que o Mfundo arranjasse um emprego, a Sli encontraria outro motivo para se sentir insatisfeita com ele.

Durante todo o tempo em que eles estavam aqui, saímos com frequência, mas a última noite antes de irem embora foi especialmente memorável.

Fomos ao Marimba, onde o Mfundo disse que um conhecido dele de Joanesburgo iria tocar. O cara devia gostar bastante do Mfundo, porque, apesar de já ter seu próprio trompetista, em certo momento o chamou ao palco, anunciando como "o segredo mais bem guardado da África do Sul, graças a um pequeno incidente em Joanesburgo".

Foi ali que ouvi, pela primeira vez, a composição do Mfundo, "Nkrumah" e, embora me considere bastante durão, senti os olhos marejarem. A música me tocou de verdade. E não fui o único.

Quando ele terminou de tocar, o público — de todas as raças — levantou-se para aplaudir de pé.

Mfundo desceu do palco radiante, vindo ao nosso encontro.

— Está vendo, Mzi? Quando um cara é aplaudido assim por um público multirracial, sabe que deixou de ser apenas um bom músico negro para se tornar um bom músico, ponto. Talvez, se o Emzee demorar demais para morrer, eu venha morar aqui contigo e ser "descoberto" na Cidade do Cabo — brincou.

— Cara, não sei do que está falando com esse papo de ser "descoberto". Depois daquele solo, a cidade inteira vai saber quem você é — respondi.

Não foi exatamente assim que aconteceu.

O que aconteceu foi que fomos aos camarins para tomar mais uns drinks. Eu estava conversando com Sli e Mfundo quando um alemão se aproximou para parabenizar o Mfundo pela apresentação no clube de jazz mais cedo.

Estávamos ali apertando as mãos de todo mundo, e foi nesse momento que eu o vi. Ele, o homem que — se eu não tomasse cuidado — poderia vir a ser a Sli do meu Mfundo.

16

Depois que a gente se acostuma com os açougues que são os clubes gays, acaba lidando com jovens michês que dizem estudar na Varsity College ou alguma outra instituição de ensino superior qualquer, e topam ir para casa com você em troca de toda a bebida que puderem tomar, e de tudo mais que você estiver disposto a dar.

São bonitos, sarados, duros de grana... e vão te pedir "um trocado" provavelmente para levar as namoradas para sair. E você dá. Porque, no fundo, está grato por eles estarem dispostos a passar algum tempo com você.

É duro, sim. Mas, quando se está com mais de 30 e sem um compromisso, às vezes essa é a realidade da cena gay. Você acaba pagando, de um jeito ou de outro.

Infelizmente, não dá para competir com os turistas sexuais vindos da Alemanha, Reino Unido ou Estados Unidos com seus euros, libras e dólares. E aí você começa a se sentir desgastado. E começa a se perguntar se só os casais héteros e lésbicos é que podem sonhar com amor — em amar e ser amado —, enquanto você, como homem gay acima dos 30, deve se contentar com encontros rápidos, até o fim do mês, quando o dinheiro cair de novo na conta.

Eu já estava começando a me sentir assim — cínico, cansado — até aquele dia com o Mfundo e a Sli, quando eu o vi, logo atrás do alemão que tinha elogiado o jazz do Mfundo.

E não. Eles não eram um casal. Eram apenas amigos de longa data.

Ele usava uma calça Levi's azul-escura, um suéter azul-claro e um cachecol de tom ligeiramente mais escuro jogado de forma displicente em volta do pescoço. O conjunto não era afetado, apenas mostrava um homem à vontade consigo mesmo.

Sli me cutucou e sussurrou:

— Seu queixo está caído.

E, de fato, estava.

— Ok, estou lisonjeado. Sério. Achei que minha mãe tivesse mentido quando disse que eu era bonito, mas vendo a sua cara talvez ela estivesse certa. Ou será que tem alface no meu dente? — disse o homem lindo, abrindo a boca e fingindo tirar algo dos dentes.

Risadas gerais, e logo o constrangimento do meu olhar fixo e da boca aberta foi esquecido.

Sli revirou os olhos:

— Ai, por favor, meninos, se você e seu amigo já se cansaram da companhia um do outro, é só dizer que a gente convida vocês para se juntarem a nós — disse ela, espirituosa.

E, sendo a Sli, logo engrenou:

— Eu sou a Sli, esse é o Mfundo, mas vocês provavelmente não estão nem aí para isso. Este aqui —

disse ela, apertando meus ombros — é o homem que o Mfundo e eu temos orgulho de chamar de nosso melhor amigo, e o único motivo pelo qual a gente largaria a loucura de Joanesburgo para vir para o país de vocês, a Cidade do Cabo — e então bateu na mesa com um ar dramático antes de anunciar:

— Cavalheiros, apresento Mzilikazi Khumalo, que jura que não tem relação alguma com nenhum outro Mzi Khumalo que vocês conheçam ou não.

Todo mundo caiu na gargalhada. Sli era ótima nisso de socializar. Totalmente fora do estereótipo dos cientistas. Ela devia era ser comediante. Ou talvez fosse isso que dava a ela aquele bom trato com os pacientes como médica.

Mfundo completou a cena conforme os dois se juntaram a nós:

— E os senhores, como se chamam?

O nome dele era Thulani.

Mas o que o tornava — e ainda torna — mais atraente é que ele é uma daquelas pessoas bonitas por fora e por dentro, com a capacidade de rir com você... e também de chorar com você.

Apesar do meu constrangimento inicial, rolou uma conexão imediata com ele e com o amigo, Franz. E sim: eram só amigos. Tinham se conhecido por meio de um colega do Thulani que era amigo antigo do Franz, da Alemanha. Mas, no fim, o Franz acabou ficando mais próximo do Thulani que do tal amigo.

Thulani é um ano mais novo do que eu (finalmente, chega de novinhos!), é banqueiro de investimentos (nada de eu ter que pagar a conta o tempo todo!) e, se não tivesse seguido a carreira em finanças, podia muito bem ter virado comediante, como a Sli.

Já encontrou alguém que é tão bom de estar junto que você simplesmente não quer se despedir? Foi assim, nesse primeiro encontro com o Thulani.

Teria sido fácil levá-lo para casa (ele morava em Tamboerskloof) ou ir para casa dele. Mas eu não quis. Esse, eu queria guardar. Queria fazer durar.

Trocamos números de telefone. E isso foi só o começo.

Logo depois de deixar Sli e Mfundo no aeroporto, no dia seguinte, meu telefone tocou.

Era o Thulani. Fiquei com vontade de perguntar porque ele tinha demorado tanto. Talvez ele tivesse lembrado, durante nossa conversa, que Sli e Mfundo partiriam hoje, e não quisesse atrapalhar. Ele era um doce, não importa o motivo. Só sei que não queria soar ansioso e carente, então atendi o telefone tentando parecer casual, embora o nome dele estivesse salvo no meu celular com vários emojis de beijos.

— Mzilikazi, quem fala? — disse eu, com o coração disparado.

Ele deu aquela risada escandalosa dele:

— Ah, qual é, *Mntungwa*. Eu sei que você salvou meu número, pode parar com o teatrinho. Que tal umas bebidas mais tarde?

Não há nada mais doce para um homem do que outro homem reconhecer sua africanidade chamando-o pelo nome de clã — mesmo quando a relação que se está prestes a construir está bem longe daquilo que os tradicionalistas gostam de chamar de "africano". E a *intelligentsia afroqueer* tem muito a dizer sobre isso.

Sorri ao responder:

— Claro, por que não? Passa aqui em casa — disse, tentando soar casual. Como se fosse só um encontro despretensioso. A verdade é que eu não queria dividi-lo com ninguém nesse primeiro encontro, uma coisa eu tinha aprendido nas revistas da Sli, afinal.

Passei o endereço, e em menos de uma hora ele chegou. Me ligou para eu liberar o portão e, quando abri a porta, ele começou a me entregar bebidas: gim, tônica, refrigerante, uísque e uma dúzia de cervejas. Fiquei olhando para ele, pasmo, enquanto ele tirava tudo do banco de trás.

— Thulani, você está planejando transformar minha casa num *shebeen*? — perguntei.

— Não — respondeu ele, entrando com mais uma sacola plástica, enquanto eu vinha atrás com outra.

— Então qual é a ideia? — perguntei, grato por estar com as mãos ocupadas. Eu não sabia bem qual era o protocolo ali, se devia apertar a mão, abraçar, beijar? Ele não era o AIO, cuja função era puramente prazer sexual. Eu gostava mesmo desse cara. Então, de certa forma, aquele era nosso primeiro encontro. Não, não "de certa forma". Era o nosso primeiro encontro.

Assim que entrou na cozinha, começou a desempacotar tudo e respondeu:

— Nós dois estamos de férias. Quando te vi, você estava bebendo gim-tônica com seus amigos, então trouxe isso. Às vezes gosto de uísque, e sei que você também deve gostar. Mas agora eu queria tomar cerveja, então trouxe de tudo, assim a gente não fica sem e pode só curtir. E nessa sacola aqui tem frango, pensei que a gente podia fazer uma coisa estilo KFC. Pode ser?

Moleque petulante. Eu gostei dele.

Ele me olhou:

— No que você está pensando?

— Estou pensando que você é um moleque petulante. Mas eu gosto de você — respondi, tentando soar sério.

Thulani respondeu no mesmo tom:

— Pois veja só... Eu também gosto de você. E estava contando as horas até seus amigos irem embora.

Tem como não se derreter?

Minha cozinha era meio apertada e nós acabamos nos encostando, não sei se de propósito ou não, enquanto arrumávamos as bebidas.

Depois nos sentamos e tomamos um *drink* juntos, conversando. Contei a ele coisas que, mesmo com todo o amor que tenho pela Sli e pelo Mfundo, nunca contei a eles.

De alguma forma, parecia que estávamos... Que ele era a pessoa que eu tinha passado a vida inteira procurando. E isso parecia bem mútuo. Foi ele quem me mostrou como enfrentar o meu maior medo: contar, não a meu pai, mas a minhas filhas sobre minha sexualidade, e ajudá-las a lidar com isso.

Quer saber o que ele disse? Eu conto. Naquele primeiro dia, ele me olhou, estendeu a mão. Quando dei a minha, ele segurou, me olhou de verdade, com um olhar que deixava claro que ele estava me fazendo uma promessa.

Disse:

— Mzilikazi, você pode achar que isso é motivo de estresse, mas não é. Vamos contar a elas juntos. E se elas tiverem metade dos seus genes e forem tão incríveis quanto você, sei que vão aceitar quem você é.

Menos de três horas na minha casa e ele já tinha dito isso.

A partir daquele momento, estivemos juntos todos os dias, seja na casa dele ou na minha, sempre que os dois estavam na cidade. Por dois meses, foi como uma lua de mel.

Quando a gente está apaixonado, quer que o mundo inteiro esteja. Por isso, embora esperada, a separação de Slindile e Mfundo não foi bem-vinda.

17

Liguei para a Sli para conversar.

— E você alguma vez amou ele de verdade? — perguntei, num tom acusador.

— Isso não é justo, Mzi. Você sabe que amei. E tentei. — e então brincou: — Talvez eu também esteja procurando meu Thulani.

— Isso não é brincadeira, Sli. Você sabe o quanto o Mfundo te ama. Não dava para ter um pouco mais de paciência e deixar ele insistir com a história da música? Dar um ultimato: se, em "x" meses, ele não conseguir, aí sim ele arranja um emprego.

Sli respondeu, a voz um pouco mais elevada:

— Ele me bateu, Mzi. Ele me bateu. Eu já não me sentia mais segura ao lado dele.

— Guarda esse papo para Buhle ou alguma colunista de revista feminina — retruquei, impaciente. — O que me disseram é que tava procurando qualquer desculpa para dar um fim nisso. E, aliás, quem deu o primeiro tapa foi você.

— Está bem, Mzi, eu admito, fui eu, tá? Eu simplesmente não conseguia mais. O Mfundo com quem eu dividia a vida nos últimos anos não era mais o Mfundo por quem me apaixonei.

Eu já suspeitava, mas queria que ela mesma dissesse:

— Explica isso direito.

— Não sei se consigo explicar bem, Mzi. Digamos que eu me apaixonei pelo potencial dele e acabei presa a um menino que não quer crescer.

— Como assim? — perguntei, um pouco confuso.

— Quer dizer, Mzi, que, quando a gente se apaixonou, o Mfundo podia até não ser o tipo de homem que todo mundo dizia que eu devia escolher, mas ele era ambicioso. Achei que a gente iria batalhar junto e crescer. Mas acabei presa a alguém que não queria trabalhar, que não queria alimentar todos aqueles sonhos que construímos juntos, entende?

— Então por que você não falou isso para ele? Para que tanto joguinho, para que fazer o cara passar o fim de semana na cadeia? Poxa, Sli...

— Porra, se eu soubesse, eu responderia. Mas fala sério, Mzi, você acha mesmo que, se eu tivesse dito que não o amava mais, ele teria ido embora? Ele com certeza já devia ter percebido que eu tava decepcionada. Ia propor dar um tempo, fazer aquelas coisas românticas que só iam me fazer sentir mais culpada por não conseguir amá-lo como antes. Eu precisava de algo drástico para tirá-lo da minha vida.

— Drástico foi mesmo. A propósito, ele me mandou uma música nova que compôs para você, está no YouTube. É linda — eu disse, ainda tentando fazer com que ela reconsiderasse.

— Nem tenta, Mzi. Não vou voltar com o Mfundo. Mas chega de falar de mim. E o Thulani, como está?

Falei com entusiasmo sobre o homem que amava até perceber que estava matando a Sli de tédio. Logo depois, nos despedimos.

E aí recebi uma ligação preocupada da Buhle. Era sobre o Mfundo. Segundo ela, se o álcool não o matasse, algum frequentador do Pule's mataria, do jeito que ele andava provocando briga. Eu precisava lembrá-lo de que ainda havia coisas pelas quais viver além da Sli. Meu outro melhor amigo claramente não estava lidando bem com o fim do relacionamento com o amor da vida dele.

Liguei para ele de manhã. Sabia que esse era o melhor horário, antes que fosse para o Pule's.

— E aí, Mzi, como está, meu irmão? Feliz com o Thulani? — ele perguntou, mas dava para notar que não se importava com a resposta.

— Mais importante: como é que *você* está, e que porra está acontecendo contigo, cara? — perguntei, irritado.

— Ah, Mzi, qual é... Para quê isso? A Sli não quer mais saber de mim e a vida está vazia sem ela. Sem sentido — respondeu com o melodrama típico de um artista.

Ignorei o drama e passei um sermão:

— Escuta, você não tem como ganhar todas essas brigas em que está se metendo. Cedo ou tarde, vai bater de frente com uns caras que vão te matar.

— E a Sli vai ficar feliz. Vai parar de se envergonhar do pai da filha dela, que não consegue um emprego e é um fracassado. Mas, quer saber, por que você ainda se importa? A gente nasce só para morrer. Eu vou morrer, você vai morrer. Até a Buhle, aquela piranha, vai morrer. Cara, eu amo a Sli. Como é que ela pôde fazer isso comigo, Mzi? Como?

E então ele começou a chorar. Mfundo não era de chorar, então eu sabia que ele estava mal, muito mal. Ainda bem que eu tinha um plano com minutos ilimitados. Deixei ele chorar um pouco antes de dizer:

— Pelo amor de Deus, Mfundo, se recompõe. Isso é patético! E a sua filha, hein? E a sua música? Dá para parar de sentir pena de si mesmo por um segundo e pensar nisso? Ai ai ai, coitadinho de mim, fui largado... Você não é o primeiro homem a ser chutado por uma mulher e, confia em mim, não vai ser o último. Agora, se levanta. Ponha-se de pé. Fui grosso mesmo, Mfundo precisava mesmo receber um safanão de quem o amava.

— Ah, a Noma não precisa de mim. Ela tem a mãe, as avós, as tias... Eu sou só um fracassado. O Franz não ligou, então duvido que a coisa da música vá para frente. Acho que ele não vai ligar. Talvez eu devesse arrumar um emprego normal, bater cartão, esquecer esse sonho de conquistar o mundo com meu trompete na Cidade do Cabo. Você acha que, se eu arrumar um emprego desses de bater o cartão, a Sli me aceita de volta? — ele perguntou.

Esse idiota estava falando sério?

— Mfundo, você está bêbado, por acaso? — perguntei, curioso.

— Não estou bêbado, porra. Queria estar bêbado. Só não entendo por que ela não me quer mais. Não sou feio. Não sou burro. Consigo manter uma conversa. Você conhece ela tanto quanto eu, talvez até mais, Mzi, mano... o que eu posso fazer para reconquistar ela?

— Para de beber, para começar — respondi, sarcástico.

— Você acha que, se eu parar, ela volta para mim? Sério? — disse, com uma ansiedade preocupante.

— Mfundo... — falei, com firmeza.

— O quê? — respondeu, com esperança, quase infantil.

— Se eu estivesse aí, te dava um tapa daqueles. Agora me escuta! Eu sei que você ama a Sli, mas aceita: ela não te ama mais. Não quer mais estar com você. Senão, não teria te botado para fora. Então se recompõe. Por você. Pela sua filha. Porque você não vai querer que a Noma cresça com nojo de homem depois de ver o pai como um bêbado briguento. Se continuar assim, nunca vai conseguir convencer ela de que não foi um homem abusivo. E você sabe que a Buhle vai falar com ela.

Eu sabia que mencionar a Buhle ia acertar o ponto fraco.

— A Buhle que se foda! Não vou deixar ela envenenar minha filha contra mim como fez com a Sli. Está bem, está bem, estou ouvindo, irmão. A partir de hoje, começo a procurar emprego. Fiz uma promessa para Noma quando ela nasceu: que eu daria tudo o que ela precisasse. Acho que me esqueci disso por um tempo. Valeu, cara. Eu precisava dessa conversa.

E desligou, no jeito típico do Mfundo. Acho que estava envergonhado por ter chorado.

Mas ele nem precisou procurar emprego, no fim das contas.

Algumas horas depois, ele me ligou gritando no telefone. No começo, não entendi nada, parecia que ele tinha perdido até a fala de tanto fôlego que gastava.

— Quê? Quê? — eu insistia.

Até que ele finalmente respondeu:

— O Franz ligou! Eu vou para Alemanha! O Franz ligou!

A voz era completamente diferente do homem que, naquela manhã, soluçava no telefone.

— Cara! Parabéns! Quando? Como? Escuta, deixa eu te ligar do telefone do trabalho, quero saber tudo.

Liguei de volta. Franz não tinha ido direto para Alemanha, estava fazendo uma turnê de garimpo de talentos pelo continente, por isso o sumiço. Mas assim que voltou e deu uma olhada no YouTube, encontrou a música que Mfundo compôs para Sli, "The Way You Are". Somou isso à apresentação arrebatadora na Cidade do Cabo e, claro, percebeu que tinha um diamante nas mãos. Todo mundo que ouvia o Mfundo se encantava com o som dele. Franz pode não ser dono de uma grande gravadora, mas conseguiu reunir alguns produtores importantes para trabalhar com ele no primeiro álbum. Tudo o que o Mfundo precisava fazer era tirar o passaporte e embarcar para a Alemanha, com tudo pago.

— Porra, você conseguiu, cara. Eu te disse! — falei, animadíssimo. Estava feliz como se fosse meu próprio filho.

— Você não me disse porra nenhuma... — respondeu rindo. — Eu só tenho talento, só isso.

O velho Mfundo estava de volta.

Talvez nem todo mundo precise estar apaixonado, pensei, num momento de filosofia barata, enquanto desligava. Se a Sli não tivesse largado o Mfundo, talvez ele nunca tivesse escrito a canção de amor mais comovente já soprada por um trompete.

Dei de ombros quanto a Mfundo e Sli. Talvez não tenha funcionado para eles. Mas eu, pelo menos, estava feliz. Nunca imaginei que o amor pudesse ser assim, mas Thulani me mostrou o contrário. Eu estava no paraíso — e fiquei ali por muitos meses.

Até aquela ligação.

Era uma terça-feira, ainda de madrugada. Eu estava nos braços de Thulani. Quatro e dezoito, segundo meu celular.

A chamada era da minha mãe. Ouvi o que ela disse em choque. Aquilo mudaria minha vida para sempre?

Thulani olhou para mim com o rosto cheio de interrogação quando desliguei o telefone.

— *Kwenzekelani*? O que foi? — perguntou.

18

Terça-feira

— É meu pai. Ele acabou de morrer — respondi, tentando entender como aquilo iria me afetar.

— O que posso fazer para ajudar? Quer que eu tire uns dias e vá com você para Joanesburgo? — ele perguntou, sempre prático.

O que eu mais queria era ter Thulani ao meu lado. Que ele dividisse a dor comigo, aliviasse o peso e me fizesse sorrir quando a tensão com a família ficasse demais.

Mas querer nem sempre é poder. É verdade que minha mãe sabia da minha orientação sexual e lidava bem com isso, mas funerais são eventos sociais — e isso significa um monte de parentes que não são tão compreensivos quanto ela.

— Eu adoraria ter você lá comigo — disse, já tentando imaginar como dizer não sem magoá-lo.

— Mas...? — ele perguntou. Me conhecia bem demais.

— Mas acho que não é uma boa ideia. Estou indo agora para Joanesburgo resolver as coisas do caixão e tal, mas o enterro vai ser em KwaMntungwa. Ser gay num *township* já é difícil... Agora tenta contar isso para os parentes do interior e... bom, você sabe — concluí, meio sem jeito.

Ele assentiu.

— É, eu sei. Só achei que, sendo você um ativista, não ligaria para o que os outros pensam. Além disso, não é como se a gente fosse se agarrar em público ou algo assim. Olha, Mzi, eu só queria estar lá por você. Mas se é isso que você prefere... — deu de ombros, ainda ao meu lado, mas distante.

A cartada da culpa. A menção de como eu estava falhando com outros homens gays. Merda.

— Porra, Thulani? Logo você devia entender. Ou talvez não entenda, já que nunca teve pai na família — disparei, querendo feri-lo do mesmo jeito que eu estava ferido com a morte do meu pai, a saudade antecipada de quem estava ali discutindo comigo, e o fato de ser um homem negro gay num mundo que diz aceitar, mas que nunca aceita de verdade.

Thulani me olhou, o rosto tenso.

— Você tinha que ir por esse caminho, né? — disse, rindo sem humor. Eu o machuquei. E sabia disso.

— Olha, desculpa. Foi golpe baixo meu. Você sabe que nada me deixaria mais feliz do que ter você lá, mas eu não consigo. Sim, eu sou ativista — mas sou ativista de outras causas: pobreza, doença, educação, esse tipo de coisa. Talvez eu esteja mesmo me omitindo. Talvez eu devesse sair por aí com uma camiseta dizendo "100% Zulu Gay", mas não faço isso, e nem vou fazer. Minha sexualidade, como eu sempre te digo, é assunto meu. Sei que tem gente ignorante que se incomoda, mas não sou eu que vou lá cutucar. Especialmente quando essa gente ignorante é da minha família. Agora, vou ao funeral do meu pai e gostaria que você estivesse comigo pelo menos em pensamento, se não puder estar fisicamente nesse momento difícil. Eu te amo — e não vou parar de te amar quando voltar — falei, segurando a mão dele.

Thulani me puxou pela mão e me abraçou. Depois sussurrou:

— Desculpa. Não fui compreensivo.

A gente se levantou, ele fez café e comprou minha passagem online enquanto eu arrumava a mala.

Fiquei observando ele se movimentar, cuidando de tudo, ligando para Sli para me buscar no aeroporto, e meu coração se encheu de amor por ele. Por que o que sentíamos um pelo outro seria uma anomalia na sociedade negra, mesmo no século 21? Tudo bem, éramos mais sortudos do que muitos gays em países africanos ainda mais conservadores, mas a questão é que havia muitos como nós em todo o continente. Olhei de novo para Thulani e fiquei pensando se algum dia a gente poderia andar de mãos dadas numa cidadezinha qualquer sem causar estranhamento.

Será que algum dia seríamos livres para amar? Ou estaríamos sempre exilados em nossa própria terra?

— O que foi? — ele perguntou ao me ver olhando para o nada.

— Só estava pensando em como sou sortudo por ter você — respondi.

— E não se esqueça disso. Agora toma o café, toma um banho e deixa que eu te levo ao aeroporto. Consegui um lugar no primeiro voo, e a Sli vai estar te esperando lá — disse ele, um pouco mais alto que eu, dando-me um beijo na testa.

Sábado

Acabamos de enterrar meu pai. Eu o amava, o quanto se pode amar um pai — porém mais do que isso, eu o temia. Quando joguei um punhado de terra sobre o caixão, logo depois da minha mãe, senti como se estivesse enterrando parte desse medo. E chorei porque, apesar de ser tão temido, talvez eu não tivesse conquistado o que conquistei se ele não tivesse me pressionado tanto.

Fiquei comovido ao ver Tinaye no funeral. Ele disse que ficou sabendo da morte do meu pai pelos grupos de e-mails. Foi tocante ele ter tirado um tempo para vir até KwaMntungwa com a gente para acompanhar o enterro. Como ele pouco sabia falar zulu, ficou mais nos bastidores da cerimônia, aparecendo só quando precisávamos de mais gente para abater os bois. Partiu logo depois do enterro, e, por um momento, lamentei não ter cultivado mais a amizade dele. Tinaye foi um colega muito legal — e continua entrando em contato por telefone ou e-mail sempre que acontece alguma loucura política ou social, local ou internacional, que ele queira comentar comigo.

Enquanto eu chorava por meu pai, Sli, que esteve ao meu lado o tempo todo, me abraçava. Queria que Mfundo estivesse aqui, mas ele não conseguiu vir, mas me liga todos os dias da Alemanha — acho que é o máximo que posso esperar.

Vusi e eu ficamos com a maior parte da função: transporte, caixão, os bois que foram abatidos para o funeral. Mas, por mais cansado que eu esteja, acho que quem mais sofreu com tudo isso foi minha mãe. Meu pai, veja bem, morreu do mesmo jeito que minha mãe biológica: reclamou de dor de cabeça, tomou um comprimido de Grandpa, e nas primeiras horas da manhã, o corpo já estava frio ao lado dela.

Vusi e eu temos feito o que podemos para apoiar, mas os parentes — e a Maria, que nunca gostou dela — já estão fofocando.

Tenho dito para mamãe ignorar, e na tentativa de ajudá-la com isso, Vusi e eu estamos lhe administrando doses generosas de café com Amarula desde terça-feira. Mamãe entrou numa espécie de transe induzido pelo licor, mas é o mínimo que podemos fazer. Não me importo com o que os parentes digam. Sei que ela jamais poderia ter sido uma mãe melhor, mesmo se fôssemos seus filhos biológicos. Como podem acusá-la de ter matado tanto minha mãe quanto meu pai?

Logo, meus tios vão se reunir e me chamar para o *umcimbi*. Como filho mais velho da família, receberei as armas tradicionais do meu pai — lança, escudo e *kierie* — para me lembrar de que agora sou o chefe da casa e devo proteger todos que estiverem sob meu teto. Mas fico pensando: o que esses tios, que tomam rapé e bebem *mqombothi*, fariam se soubessem que o homem da casa é gay? Ainda me dariam as armas? Meu pai se reviraria no túmulo, se, do lugar em que estiver — seja lá onde os mortos ficam —, descobrisse que seu primogênito não é "zulu o suficiente", no sentido que ele dava a isso?

Ou será que ele entraria num bom debate com algum guerreiro zulu de tempos passados, tentando explicar que a homossexualidade é humana — e que isso não tem nada a ver com ser africano ou ser zulu?

E se esse guerreiro fosse o próprio fundador da nação zulu?

TINAYE

19

Sei que serei muito criticado por dizer isso, mas, no fundo, todos vocês sabem que estou falando a verdade. Crescer com o conforto de uma vida de classe média pode destruir uma pessoa quando ela precisa abrir mão disso.

E eu não estou disposto a abrir mão.

Sempre desejei oferecer a mim mesmo — e aos meus filhos — uma vida melhor do que a que meus pais me deram. E não vou deixar que James Congwayo, ou o fato de eu não ser sul-africano ou qualquer outra coisa atrapalhar essa ambição.

Como filho do primogênito, recebi o nome do meu avô paterno. Sou grato aos meus pais por não terem usado o nome inglês dele, o bíblico Jeremiah. Meu nome é Tinaye Musonza e sou um zimbabuano nascido no Reino Unido e residente em Joanesburgo.

Não nasci em berço de ouro, como dizem, mas nos saímos bem. Quando Ian Douglas Smith declarou a Independência Unilateral da então Rodésia, meu pai foi um dos membros da elite instruída que decidiram deixar o país rumo à Mãe-Pátria dos tempos coloniais — o Reino Unido — ou "Londres", como todo mundo no Zimbábue, ontem e hoje, continua chamando o país inteiro. Apesar de já ter um diploma de bacharel, ele logo se filiou a um partido político pró-independência e, com as bolsas oferecidas por alguns liberais e empresas privadas, estudou Direito em Cambridge.

Mas a advocacia não era propriamente a vocação do meu pai. Educação, sim. Com a ajuda de um de seus antigos professores, também se tornou professor em Christ College, lecionando Direito.

Foi lá, durante uma festa promovida pela organização política à qual tinha se filiado (cujo nome prefiro não mencionar, já que ela conseguiu se fixar negativamente no imaginário mundial), que ele conheceu minha mãe. Ela trabalhava como comissária de juventude do Partido em Londres.

Eles se casaram.

Minha mãe deixou o trabalho, saiu de Londres e foi morar com ele em Cambridge. Um ano depois do fracasso da Conferência de Genebra sobre a Rodésia — eu nasci.

Alguns anos depois, meu pai foi um dos que ajudaram a redigir a primeira Constituição do Zimbábue e, em 1980, quando veio a independência, meus pais voltaram para casa com entusiasmo. No mesmo ano, no Hospital St. Anne, em Harare, nasceu meu irmão mais novo.

Deram a ele o nome de Rusununguko, palavra em shona que significa "liberdade", tão grande era a alegria deles com a independência do país.

Meu pai passou a trabalhar na Faculdade de Direito da Universidade do Zimbábue. E eu comecei os estudos em uma escola pública — a North Park Primary.

Minha mãe não tinha emprego formal. Mas tínhamos duas empregadas e um jardineiro na nossa casa em Mt. Pleasant.

Pensando naquele tempo passado, penso como devíamos parecer ricos para os poucos parentes da zona rural que vinham nos visitar. Mas, na verdade, não éramos ricos. Estávamos apenas confortáveis. A família do meu pai apelidou minha mãe de *mu*British porque ela era extremamente rígida com certas coisas — por exemplo, detestava que as pessoas aparecessem em nossa casa sem marcar hora. Imagino que, para muitos deles, isso tenha sido uma decepção.

Meu pai era o filho mais velho da família. E, por isso, acreditava-se que ele devia cuidar de todos os problemas da família, pois teria se tornado "o homem da casa" depois da morte do meu avô.

Minha mãe não aceitava essa lógica. E os parentes por parte de pai a detestavam por isso — e também por "gastar o dinheiro do irmão deles".

Lembro de ouvir comentários negativos sobre ela sempre que íamos para o interior nas raras reuniões de família. Com o tempo, ela simplesmente parou de ir. Dizia ao meu pai:

— *Kumusha kwako handisvike. Kana uchida kuenda, enda nevana vako.* ("Eu não piso na tua aldeia. Se quiser ir, vá com teus filhos.")

Meu pai tentou levar a gente algumas vezes, mas nunca nos demos bem com nossos primos do campo. Eu falava shona com sotaque naquela época. Meu irmão foi festejado pelos amigos da minha mãe porque, quando começou a falar, não dizia uma palavra de shona. Na verdade, lembro de uma empregada que foi demitida por falar com o Rusununguko em shona.

E claro, apesar da North Park ser uma escola pública, era uma antiga escola do grupo A — o que, na África do Sul, equivaleria a uma escola modelo C, a antiga escola só para os brancos. Meus colegas falavam de férias no exterior ou em pontos turísticos como o Lago Kariba, a Reserva de Hwange ou as Cataratas Vitória. Que alegria eu teria em escrever a redação para a senhora Van de Byl com o tema "O que fiz nas férias", contando que passei uma semana na casa dos meus avós rurais? Um vexame, quando seus colegas são todos pequenos esnobes mentalmente colonizados.

Comecei, então, a reclamar com minha mãe sobre nossos parentes do campo, e ela decidiu que era melhor que meu pai não nos levasse mais. Ele tentou argumentar que precisávamos conhecer nossos parentes, mas minha mãe foi firme:

— *Vana vangu vakadyiswa mbeva last time pavakaenda. Aiwa, bodo.* ("Meus filhos comeram rato da última vez que foram. Não. De jeito nenhum.")

Foi uma vitória para nós — ou pelo menos para mim. Sunu ainda era pequeno, e meu pai passou a fazer as viagens sozinho.

No ensino médio, fui interno no colégio de elite católico St. George's College. Éramos populares entre os colégios femininos da cidade — até o garoto mais feio da escola conseguia uma namorada, não por qualquer habilidade social, mas simplesmente por usar o blazer vermelho dos Saints. Se o colégio público mais famoso da cidade, o Prince Edward, era conhecido por sua excelência atlética, nós nos orgulhávamos do nosso desempenho acadêmico.

Preciso admitir que fui um aluno mediano, e suspeito que, se não estivesse cercado de superdotados, jamais teria alcançado as notas que alcancei. Mas tirei A em todas as matérias nos exames finais do O Level, e, para demonstrar seu orgulho, meu pai me presenteou com um Nissan Sunny amarelo e autorizou que eu fizesse uma festa — daquelas que, anos depois, ainda seria lembrada por quase todos os colegas do ensino médio.

Pelos padrões de hoje, talvez não tenha sido nada demais, mas naqueles tempos — quando Harare ainda era Harare — foi um evento. Havia um bar, comandado por um primo nosso das áreas populares e pelo jardineiro. Meu pai ainda mandou três dos quatro carros da família, dirigidos por seus alunos da universidade, buscarem as garotas convidadas. Ele, minha mãe e Sunu, meu irmão, hospedaram-se no Meikles Hotel por todo o fim de semana, só para que eu pudesse curtir a festa com meus amigos sem restrições. Sunu não ficou nem um pouco feliz. Queria ficar para a festa, mas meu pai disse que, com apenas 11 anos, ele ainda era jovem demais.

Depois da euforia da festa de O Level, voltei à escola para fazer o A Level. Optei pela área de Humanas, porque era consenso — ou pelo menos meu pai achava que era — que eu estudaria Direito. Dá para imaginar a decepção dele quando, após conseguir uma vaga com bolsa na sua própria alma mater, Cambridge, eu escolhi fazer Ciência Política.

Mas é isso que acontece quando seu pai, o acadêmico, passa os fins de semana no hoje extinto Park Lane Hotel com políticos vertendo copos de uísque single malt e cercado de garotas jovens e bonitas. As esposas, claro, ficavam em casa tentando convencer a si mesmas (e aos filhos) de que o papai estava em alguma conferência política num vilarejo distante.

A minha mãe, por outro lado, nunca foi muito crédula. Ela usava a preocupação como forma de segurança:

— Não quero que você dirija bêbado.

Assim, mandava-me levar e buscar meu pai dessas sessões etílicas — sempre avisada por uma ligação do gerente de bebidas do hotel:

— O Sr. Musonza disse que está pronto para voltar para casa.

Ela tinha certeza de que ele jamais se arriscaria a ser flagrado por mim com outra mulher.

Como disse, nós não éramos propriamente ricos, mas vivíamos com conforto — então talvez você se pergunte como meus pais conseguiram pagar minha ida para Cambridge, mesmo com a bolsa. É que eu era o único cidadão britânico da família, então meu pai não precisou estourar o orçamento para garantir minha educação em uma das melhores universidades do mundo.

Quando fui embora, minha irmãzinha tinha três anos. Rusununguko e eu ficamos um tanto constrangidos quando nossa mãe engravidou. Havia dez anos de diferença entre ela e o Sunu (ou Russ, como ele agora se chamava) e, sinceramente, era meio repulsivo pensar que nossos pais — ainda que descolados — já de certa idade, ainda estavam transando.

Em Cambridge, eu fiz bastante farra, mas nunca fui reprovado. Ser reprovado estava fora de cogitação quando se tem uma bolsa de estudos — e as notas eram afixadas publicamente do lado de fora da faculdade, em todas as 31. Foi sorte minha estudar na Downing College. Era menos esnobe que os mais antigos. Você acredita que há uma regra de que só os professores podem pisar na grama? E ainda recebem uma cota de vinho! Meu amigo Alvin, de Singapura, e eu costumávamos brincar, enquanto enrolávamos um baseado, que somente os membros do corpo docente tinham direito a "erva e birita".

Depois da graduação, fiz estágio por um tempo na ONG Oxfam, em Oxford, antes de ser contratado como pesquisador. Foi lá que comecei a questionar toda essa lógica de dívida do Terceiro Mundo, ajuda humanitária e políticas de comércio. Eu tinha encontrado minha vocação.

Em algum momento, decidi fazer um mestrado em Estudos do Desenvolvimento, na universidade "mãe" de Cambridge: Oxford. Minha dissertação foi sobre cancelamento de dívida — antes que qualquer astro do rock ou ator hollywoodiano daqueles que adotam bebês do Terceiro Mundo aderissem à moda.

Durante o mestrado, consegui financiamento para realizar uma pesquisa pela região da Comunidade de Desenvolvimento da África Austral, a SADC. E já haviam se passado sete anos desde a última vez que retornei para casa.

Sim, eu sei. Mas era estudante universitário. Havia as viagens de verão pela Europa — uma vez até passei as férias em Singapura com Alvin — e, afinal, o continente continuava sendo "casa". Minha desculpa era: "de todo modo, vou envelhecer lá mesmo", então era mais divertido explorar o que havia lá fora. A realidade é que, como todo africano que mora na Europa sabe, viajar por lá sai mais barato do que vir para casa. Claro, tive que economizar um pouco para a viagem à Singapura com meu emprego de meio período, mas não muito — a família do Alvin me hospedou.

Enfim, decidi voltar ao continente como parte da pesquisa para minha dissertação, certo?

Sete anos fazem uma baita diferença.

Comecei por Harare e, logo de cara, percebi que aquela já não era a cidade em que cresci. Havia apagões, o custo de vida estava nas alturas, e meu pai, agora decano de Direito, mal conseguia bancar seus pequenos luxos com o salário. A maioria de seus amigos políticos já tinha morrido de alguma "doença longa ou curta" — o que, no Zimbábue, geralmente significa a mesma coisa: os caras provavelmente estavam *pachirongwa*, o eufemismo então para quem era soropositivo.

Com a Universidade do Zimbábue já não tão gloriosa quanto antes, meu pai começou a passar mais tempo nas zonas rurais. Foi ficando mais tradicional, mais "cultural", tendo sido nomeado chefe de aldeia depois da morte de um dos tios. Imagino que isso o fazia sentir-se importante, mas nossas conversas já não eram tão boas quanto antes. Se ele discordava de algo, respondia com um *pachivanhu chedu*... (na nossa tradição).

A única conquista concreta dele antes que todos os seus contatos morressem foi conseguir uma fazenda. Num momento em que os preços dos alimentos estavam absurdos, isso foi uma enorme vantagem. Minha mãe, por sua vez, abandonou algumas das suas pretensões burguesas e passou a viver no campo — ao menos para garantir que houvesse comida em casa.

As duas empregadas já não estavam lá, e minha mãe fazia os trabalhos da casa com a Tinashe, minha irmã. E, nos fins de semana em que nosso jardineiro incansável (e agora já idoso), Phineas, tirava folga, ela até se dispunha a sentar do lado de fora com uma mesinha e vender produtos da sua horta para os vizinhos.

Mas não pense que mamãe tinha abandonado todas as suas pretensões. Sua hortinha (nada pequena) da fazenda produzia morangos, alface, cenoura e outras frutas e verduras que a maioria do povo do Zimbábue, acostumado a repolho e *sadza*, nem saberia como utilizar.

Lembro da cara de decepção dela quando levei um celular que não era exatamente o que ela queria:

— *Asi Tinaye nhai?* Eu disse que queria um BlackBerry. Mas o que é isso aqui? A senhora Tadzima vai rir de mim e dizer que foi só isso que meu filho trouxe da Inglaterra? Melhor que não tivesse trazido nada. Ela deu o celular para minha irmã e disse que mandaria alguém comprar um BlackBerry para ela em Dubai — ou iria ela mesma, quando tivesse tempo.

Saí do Zimbábue e continuei a pesquisa em outras cidades da SADC. Muitas estavam em situação ainda pior que Harare em termos de infraestrutura — embora o PIB fosse, por vezes, maior.

Foi então que cheguei a Joanesburgo.

A cidade capturou minha imaginação com sua energia e vibração. Claro que havia pobreza — onde não há? Mas eu também enxerguei um tipo de oportunidade que jamais teria acesso no Reino Unido, independentemente da minha cidadania. *Dane-se*

Oxford, pensei, é aqui que eu quero estar. Imediatamente após voltar a Oxford e entregar minha dissertação, comecei a enviar candidaturas para vagas em ONGs em Joanesburgo.

Ao contrário do universitário médio recém-formado, eu já tinha alguma experiência profissional nas passagens pela Oxfam e ótimas cartas de recomendação. Então, quando a AfriAID me ofereceu o cargo de Gerente Regional de Alívio à Pobreza, aceitar foi uma decisão óbvia.

E aqui estou. E amo esta cidade com todo meu coração. Mas fui preterido em um aumento que havia sido prometido no meu contrato pelo antigo Secretário-Geral. Agora, marquei outra reunião com o atual SG para esclarecer tudo, e talvez conseguir o valor com pagamento retroativo.

20

— Sinto muito, meu *broer*. Sei que você deveria receber uma revisão salarial a cada seis meses, conforme seu contrato. Seu trabalho tem sido excepcional, mas a organização não está em posição de lhe dar um aumento agora — nosso orçamento simplesmente não permite isso — disse o Secretário-Geral da AfriAID, James Congwayo, dando-me exatamente a mesma resposta que eu já havia recebido de seu antecessor, Livingstone Stanley.

Eu era o Gerente Regional da AfriAID para a região da SADC. Desde que Mzi saíra, eu era o único na organização que tinha, no meu caderninho, ministros poderosos da SADC, parlamentares influentes, e conhecia pelo primeiro nome os líderes das organizações nacionais da região com as quais trabalhávamos — e, mesmo assim, mais uma vez, diziam-me que não poderiam me dar um aumento.

Queria xingar, mas não podia. Aquilo simplesmente não estava funcionando para mim.

Tinha feito tudo certo, tudo o que aquelas revistas masculinas de autoajuda mandam fazer antes de pedir um aumento. Marquei uma reunião com antecedência, indicando os principais pontos que eu queria abordar. Cuidei para que tanto o e-mail solicitando a reunião quanto o encontro em si fossem numa sexta-feira (quando, dizem, os chefes estão mais relaxados e generosos) — e, ainda assim, lá estava eu, ouvindo que a organização não tinha verba para me dar um aumento.

Eu, com meu vasto conhecimento das relações regionais.

E isso quando o salário mensal do Secretário-Geral era alto o suficiente para financiar algumas guerras na região.

Já tinha aguentado o bastante. Talvez pudesse transferir meu visto de trabalho e procurar outro emprego. Havia muitas organizações dispostas a pagar melhor por alguém com minha experiência. Um amigo tinha me falado de uma vaga perfeita para mim no setor corporativo. Algo como Diretor de Diversidade. Tinha a ver com correção política no mundo empresarial, horário flexível e um ótimo salário com incentivos.

Arrisquei:

— Talvez vocês possam autorizar a transferência do meu visto de trabalho para que eu possa buscar outra oportunidade? — perguntei, cauteloso.

Congwayo me encarou intensamente, seus olhos azuis parecendo mirar direto na minha alma. Sim, eu disse olhos azuis. Seu olhar já era duro por si só, mas com as lentes azuis que ele passou a usar depois de se casar com uma mulher africâner alguns meses atrás, aquilo ganhava uma força quase opressora. E desde esse casamento, ele também passou a fazer discursos inflamados contra o sistema e sobre como os brancos exploram "nosso povo" — o que era, no mínimo, irônico, se você conhecesse sua história.

Congwayo, veja bem, era daqueles sul-africanos com um talento especial para a reinvenção. Um ex-agente da temida Special Branch, segundo a gerente de RH e minha colega Maki. Quando os ventos da mudança começaram a soprar sobre a África do Sul — bem depois do discurso de Harold Macmillan, mas antes de Mandela assumir a presidência — Congwayo soube se reposicionar. Começou a passar informações sobre seus colegas da Special Branch para a UDF (Frente Democrática Unida), fingindo ter tido uma conversão súbita, tipo Paulo na estrada de Damasco .

A liderança da UDF o aceitou como informante do outro lado, mas havia quem ainda o olhasse com desconfiança. Dizem que até hoje ele não pode andar por certos bairros de Soweto sem ser cuspido na cara, por ter participado das mortes e desaparecimentos de tantos moradores locais.

Congwayo acabou demitido da Special Branch, virou carregador de pastas na Convenção para a África do Sul Democrática, aconselhando o Congresso Nacional Africano aqui e ali, e depois foi recompensado com um cargo de poder após a vitória do CNA em 1994. Mas, sendo um cargo público, não rendia muito dinheiro. Quando as organizações internacionais de ajuda decidiram que a África do Sul pós-apartheid seria o novo lugar ideal para negócios e buscavam um diretor local, Congwayo subitamente se lembrou de que queria mesmo era fazer a diferença para o seu povo — e assumiu o cargo no lugar do britânico Stanley.

Congwayo falava bem — isso ninguém podia negar — mas eu estava começando a me mostrar esperto demais para ele. Então, quando sugeri a transferência do meu visto de trabalho, seus olhos se dilataram e ele respondeu, com uma voz carregada de decepção:

— Depois de todos os recursos que investimos para trazê-lo até aqui, você quer que transfiramos seu visto para que possa trabalhar em outro lugar?

Ele fez uma pausa expressiva antes de continuar:

— Você tem ideia, jovem, de quantas pessoas neste país estão procurando emprego? Tem noção de quantos dos seus conterrâneos zimbabuanos com diploma estão dormindo na Igreja Metodista Central porque não têm permissão de trabalho?

Por que os sul-africanos sempre faziam isso quando alguém reclamava das condições de trabalho no país deles? Naquele momento, pouco me importava quantos zimbabuanos estivessem dormindo na igreja metodista ou onde fosse — afinal, essa era uma reunião sobre o *meu* aumento salarial, e eu até teria dito isso se pudesse me dar ao luxo de ser desrespeitoso. Mas não podia. Era eu quem precisava dele.

Balancei a cabeça:

— Não, camarada James.

Ele insistia em ser chamado de "camarada". Acho que o fazia se sentir um líder benevolente. Ou talvez fosse sua forma de compensar o passado nebuloso (seu currículo convenientemente omitia os tempos de Special Branch, mas falava com entusiasmo de sua contribuição para a Frente Democrática Unida).

— "Não, camarada James?" — repetiu, com o tom de quem fala com uma criança de três anos. — Certo. Muitos! Pelo que ouço, metade do seu país, com ou sem diploma, está aqui porque o seu maldito líder achou que conseguiria governar sem o capital dos brancos. Uma republiqueta de bananas — é isso que o seu país, e a maioria dos países africanos, virou. E os macacos que são os seus políticos vêm desviando dinheiro para contas no exterior há anos.

Congwayo às vezes passava dos limites. Esquecia que, trabalhando no setor de ONGs, precisava ser politicamente correto. Também esquecia que a África do Sul é, sim, um país africano.

— Estou decepcionado com você — disse, balançando a cabeça de novo. — Quando te recrutamos, acreditei de verdade que você queria fazer a diferença.

Eu percebi a chantagem emocional antes mesmo que ele terminasse:

— Claro, senhor. Mas, para fazer a diferença, eu preciso estar de estômago cheio. Seria hipócrita da minha parte subir em palcos internacionais dizendo que todos devem se mexer e combater a pobreza enquanto eu mesmo não denuncio minha própria pobreza.

Os olhos de Congwayo brilharam. Parecia ter gostado da frase, mas seguiu falando como se eu não tivesse dito nada. Ou talvez eu realmente não tenha dito nada. Talvez fosse só o que eu queria ter dito. Então por que ele sorriu?

— Então é o seguinte, senhor Musonza. Se quiser sair, pode ir. Mas não pode transferir nosso visto de trabalho para outra organização. Quem quiser te contratar vai ter que providenciar um novo visto e ainda nos pagar o restante do seu contrato. Agora me diga: vai ficar ou vai sair?

— Eu vou ficar, camarada — respondi num sussurro.

— Perdão? Não ouvi — disse Congwayo, saboreando meu constrangimento.

— Eu disse que vou ficar, camarada — repeti, um pouco mais alto.

Ele me deu um tapinha no ombro com um sorriso que não chegou aos olhos azuis:

— Você é um bom homem, Musonza. Um bom homem. Talvez, daqui a seis meses, nossos financiadores percebam que temos gente do seu calibre por aqui, nos mandem mais verba, e eu possa levar a proposta do seu aumento para o conselho. Se não tiver mais outro assunto... — disse, num tom de encerramento.

Levantei-me, desejando ter segurança financeira suficiente para mandar aquele emprego à merda.

Mas eu havia me tornado escravo desse trabalho. Se fosse só por mim, daria um jeito. Mas o salário do meu pai — que me sustentou em uma das melhores escolas particulares de Harare — agora mal dava para a gasolina até o trabalho. A família dependia de mim para pagar a mensalidade da minha irmã (que, por algum motivo obscuro, era cobrada em dólares americanos e aumentava todo trimestre), além de contas como telefone e TV a cabo (sim, eu chamei isso de essencial — qualquer um que tenha assistido uma hora da televisão estatal do Zimbábue vai entender por quê). Se Sunu estivesse ganhando alguma coisa, ajudaria. Mas ele decidiu que queria "ajudar na fazenda" — o que, na prática, significava vender o que podia quando conseguia se safar e dirigir por aí pegando garotas, apesar de ter uma esposa e dois filhos morando na fazenda.

Sem falar das minhas próprias despesas. É verdade que eu não passava fome. Estava alugando uma casa de dois quartos em Melville, podia me dar ao luxo de jantar fora de vez em quando, mas, somando os gastos dos meus pais e os meus, eu frequentemente me via naquela situação que o ditado descreve bem: ainda restava muito mês depois que o dinheiro acabava.

Meu contrato era de quatro anos (eu sei, esquisito — mas o primeiro ano tinha sido um período de experiência). Faltava apenas um ano para que eu pudesse solicitar residência permanente. Já estava nesse país há três anos. E, pelo jeito com que

Congwayo me olhou depois que pedi um aumento, era altamente improvável que renovassem meu contrato quando ele terminasse. Eu estava num beco sem saída.

Comecei a pensar neste país que eu tanto amava, mas que parecia não querer me amar de volta. Lembro do entusiasmo que senti ao sair de Oxford. Eu alimentava o sonho de voltar ao continente e unir forças com outros africanos de mentalidade parecida para salvar a África das pragas da pobreza, em uma plataforma internacional. Mas, desde que cheguei, percebi uma coisa. Na África do Sul, um país africano, eu era exatamente o que havia sido na Inglaterra: um imigrante. Para os sul-africanos brancos que compunham o conselho da AfriAID, eu provavelmente era só parte da cota de negros. Para os sul-africanos negros, eu era mais um daqueles *kwerekweres*, supostamente por ter tomado o emprego de um dos "irmãos".

E eu me pegava perguntando, sem verbalizar: "E eu também não sou um irmão?", como no velho lema abolicionista.

Outros imigrantes conseguiam se refugiar no trabalho, ou ao menos tinham salários bons o suficiente para se darem pequenos luxos — uma viagem, um fim de semana, um copo de *single malt*. Mas eu não. Já não sentia mais satisfação com meu trabalho — nem pelo amor ao que fazia, nem pelo que recebia de salário (ou migalhas).

Dizer que eu "odiava" meu trabalho era pouco. Eu queria pedir demissão, mas não podia. Se saísse, perderia automaticamente o visto de trabalho.

No Reino Unido, profissionais da área de desenvolvimento havia aos montes, então não havia chance de voltar para lá. E o único outro lugar para onde eu poderia ir era o Zimbábue — e eu não queria, não podia, voltar para lá. Só um tolo faria isso enquanto o resto do país fugia.

Tinha de haver um jeito de continuar na minha amada Joanesburgo, mas com um emprego que fizesse jus à minha formação acadêmica, sem me reduzir a um bajulador submisso, a um vendido qualquer.

Eu amava este país tanto quanto qualquer outro e não pedi para nascer zimbabuano. Por que não podiam me tratar como igual?

Foi então que tive uma ideia que achei brilhante. Rolei a lista de contatos no meu celular e disquei o número dela.

21

— *Grace falando,* alô? — atendeu ela.

—"Alô" para você também. Quer dizer que não liga para os velhos colegas para saber como eles estão? — perguntei.

— Ai meu Deus, Tinaye, é você? — ela gritou, e eu precisei afastar o telefone do ouvido.

Grace tinha trabalhado como recepcionista na AfriAid, mas se desiludiu com o cargo porque também ajudava na contabilidade e descobriu que era a funcionária com o pior salário. Nunca conseguiu convencer os figurões de que merecia um aumento. Quando não passava o tempo jogando Paciência estava caçando um emprego melhor nas ONGs com que a gente se relacionava — e conseguiu.

Eu estava ligando por um propósito. Grace seria meu bilhete de saída da AfriAID sem precisar sair de Joanesburgo. Um homem tem que fazer o que um homem tem que fazer.

Nesse ramo, eu lido com estatísticas o tempo todo. Da última vez que consultei os dados, dizia-se que as mulheres sul-africanas trabalham 26% mais do que os homens. Eu estava disposto a trabalhar duro. E, convenhamos, eu também não era feio, com meu metro e oitenta e três de altura e minha pele cor de chocolate. Um bom partido para as sul-africanas.

Eu iria me casar com uma, conseguir residência, e, eventualmente, a cidadania.

Decidi que Grace seria essa mulher. Você pode estar me julgando, achando-me calculista. É fácil para você. Provavelmente você é sul-africano. Eu nunca quis magoar ninguém. Só queria uma chance justa de ganhar a vida honestamente num país que eu amava, mas no qual tive o azar de não ter nascido.

Mzilikazi pôde se mudar para a Cidade do Cabo porque tinha essa flexibilidade. Eu não. Grace era uma escolha fácil.

Quando ainda estava na AfriAID, eu tinha quase certeza de que ela se interessava por mim. Sempre que vinha me trazer documentos para assinar, ficava tempo demais conversando, inclinava o corpo em minha direção. Na época, eu não dei abertura. Mas agora não havia razão para não tentar. Não havia conflito de interesses, e ela era uma mulher linda. Só esperava que não ela não tivesse um namorado da BEE, o programa de empoderamento dos negros sul-africanos. Como já disse, Grace era uma bela mulher.

— Sim, sou eu mesmo. Como você está? — respondi.

— Estou ótima, obrigada.

— Estou ligando para saber se você tem planos para sexta-feira — perguntei.

Ouvi Grace inspirando fundo, depois soltando o ar num suspiro. Eu sabia que a tinha conquistado. Mesmo que já tivesse planos, provavelmente os cancelaria.

Ela respondeu, tentando soar tímida:

— Depende do que você está pensando.

— Pensei em jantar, talvez dançar um pouco, tomar uns drinks. O que acha?

— Eu adoraria. Pode me buscar no trabalho? — perguntou.

— Claro. Me passa o endereço.

E foi assim que Grace e eu viramos um casal.

Ela trabalhava em Rosebank, e, naquele primeiro encontro, quando entrei com ela no Primi Piatti, pude sentir todos os homens do lugar nos olhando — querendo estar no meu lugar. Grace, veja bem, era a personificação da beleza — africana ou de qualquer outro tipo. Tinha lábios carnudos feitos para beijar, um nariz perfeitamente harmonioso com o rosto e covinhas que pareciam esculpidas, porque estavam sempre ali, mesmo quando ela não sorria.

Mas seu maior atributo eram os olhos. Grandes e expressivos, mesmo quando não expressavam muita coisa (o que era frequente), com cílios longos que nada deviam aos rímeis das propagandas na TV. Um homem não conseguia encarar Grace por muito tempo sem sentir que estava se afogando naqueles olhos. Até hoje, elogio-me mentalmente por não ter me envolvido com ela enquanto trabalhávamos juntos na AfriAID.

Ela era quase da minha altura, com uma pele aveludada. Suas pernas pareciam não ter fim, e ela as expunha com minissaia e saltos altos. Esqueça a Beyoncé — aquela garota tinha um bumbum tão firme e bem curvado que parecia obra de um arquiteto com todo o tempo do mundo.

Essa era a Grace: não exatamente a mente mais brilhante, mas definitivamente linda.

Sentamos e fizemos o pedido.

— Por que demorou tanto para ligar? — perguntou ela, enquanto eu tomava meu uísque duplo e ela sorvia um Smirnoff Spin, esperando as entradas.

Ah ha, então ela estava mesmo esperando a minha ligação.

— Eu queria que você terminasse com o outro namorado primeiro — respondi.

— Que outro namorado?

Ótimo. Ela não tinha namorado. Estava dando tudo certo para mim.

Transamos naquela mesma noite, como eu já previa, e ela acabou ficando o fim de semana inteiro no meu apartamento.

Logo o Primi Piatti virou o nosso *point* e Grace, meu "turno" de fim de semana. No começo, foi maravilhoso, mas depois ficou monótono. Veja bem: por mais bonita que Grace fosse — e por mais inveja que eu causasse quando andava com ela —, ela também era desinteressante. Nas conversas, não acrescentava nada; e, quando pegava um jornal, era para me contar alguma "notícia" de uma mulher estuprada por um *tokoloshe,* uma assombração, em Limpopo.

O sexo era bom. A conversa, previsivelmente entediante. Quando ela vinha "dormir" no meu apartamento em Parktown, eu já dominava a arte de fingir que caía no sono logo depois. De tão chato. Casar com ela seria tedioso, mas, com um bom emprego, eu poderia me esconder no trabalho — bastava pagar as contas e comprar uma dúzia de Smirnoff Spin nos fins de semana.

Talvez seja verdade: nós, homens, nunca estamos satisfeitos. Mas isso provavelmente foi dito por alguma feminista que odeia homens.

Eu estava satisfeito com Grace, juro que estava. Só que eu sentia que devia existir algo melhor por aí.

Mas o tempo não jogava a meu favor. Decidi que namoraria Grace por seis meses — um período "respeitável" — e então pediria sua mão.

Nos casaríamos, eu conseguiria a residência e, depois, um emprego melhor.

E então aconteceu.

No quinto mês da minha investida amorosa — porque era assim que eu já chamava — com Grace, eu conheci Slindile.

22

Perto do meu trabalho tem um lugar chamado Fuel Bar. Não faço ideia de onde vem tal nome, já que o lugar vende comida e não combustível, mas, embora o nome esteja equivocado, o Fuel serve os melhores *panini* — ou qualquer outra coisa, na verdade — que já provei em toda Joanesburgo. Combustível para o estômago faminto? Quem me apresentou o local foi Mzilikazi, e desde então virou meu refúgio. Foi lá que a conheci.

Era uma tarde de sexta-feira e eu folheava meu *Mail & Guardian* enquanto esperava a comida — um hábito de almoço de sexta que já se tornara tradição — quando senti alguém parada ao meu lado.

— Oi, desculpa, será que posso dar uma olhada no seu *M&G* quando começar a comer? Já esgotou no Engen ali da esquina — ela disse.

Olhei para ela. Bonita, mas com muita classe. Definitivamente não era uma Grace em termos de aparência. Eu diria que ela era nota sete de dez, mas o jeito como se portava compensava os outros três pontos. Estranhamente, parecia-me familiar.

Sorri e respondi:

— Claro. Mas você não precisava inventar desculpa para vir falar comigo, sabia?

Ela riu. Um riso bonito, com dentes que denunciavam ou anos de aparelho e um bom dentista, ou apenas genética boa.

Ela devolveu:

— Acredite, seja-lá-qual-for-seu-nome, se eu quisesse te dar uma cantada, você saberia. Mas já que está implorando, tudo bem: eu adoraria me juntar a você. Meus pés estão doendo depois de um turno de 12 horas no hospital, odeio comer sozinha e duvido que conseguiria ter uma conversa chata com alguém que lê o *M&G*.

Hospital? Ela parecia refinada e atrevida demais para ser enfermeira. Administradora hospitalar, talvez? Mas então por que teria feito um turno de 12 horas?

— Qual hospital, e o que você faz lá? — perguntei, curioso.

— Edenvale. Ainda sou clínica geral, mas estou considerando seriamente me especializar em cardiologia. Não dá dinheiro ser generalista neste país. Não quero sair daqui, então talvez tornar-me especialista seja o melhor caminho. E você, o que faz? — ela perguntou.

— Sou um desses que quer salvar o mundo. Trabalho ali do outro lado da rua. Meu nome é Tinaye Musonza, e não peguei o seu nome.

— Isso porque eu não dei, Tinaye. Meu nome é Slindile — respondeu ela.

— Slindile — repeti o nome em voz alta. — De onde você é?

— Da África do Sul, Tinaye. E você é do Zimbábue, a julgar pelo nome — retrucou.

— Uau, como você soube? — perguntei, me divertindo com aquele bate-papo cada vez mais envolvente.

— Porque me lembro do seu nome sendo mencionado várias vezes pela pessoa que é minha melhor amiga — respondeu ela.

Ai meu Deus. Pensei comigo mesmo. Essa mulher parecia ser tudo o que eu procurava. Inteligente, engraçada, ambiciosa. Por favor, que a melhor amiga dela não seja a Grace.

— E quem seria essa sua melhor amiga? — perguntei, prendendo a respiração.

— *Amigo,* não amiga. A mesma pessoa que me apresentou a esse lugar. Na verdade, estou tentando descobrir por que seu rosto me parece tão familiar, e agora entendi. Te vi no KwaMntungwa, no funeral do pai dele, embora você tenha saído um tanto às pressas. O amigo, como você já deve ter adivinhado, é o Mzilikazi Khumalo, que agora mora na Cidade do Cabo.

Existe mesmo um Deus, pensei. E Ele é do Zimbábue. E me ama. Ufa.

— Você estava no funeral do pai do Mzi? Não me lembro de ter te visto. Acho que eu teria notado — disse, tentando ser charmoso.

— Não, você não teria. Eu estava usando um daqueles *sishweshwes* e um *doek,* e você parece ser do tipo que só nota quem está vestida com decotes— ela rebateu.

Levei a mão ao peito.

— Ai! Pareço tão superficial assim?

Ela sorriu, com uma covinha só na bochecha esquerda.

— Qual homem não é?

— E você ainda diz que é melhor amiga do Mzilikazi Khumalo? — provoquei.

— Querido, Mzi é a exceção que confirma a regra da humanidade masculina — respondeu ela, mantendo o tom de brincadeira.

Eu tentava me lembrar de algo que tinha ouvido sobre ela nas conversas com Mzi. Alguma informação que me desse vantagem para conhecê-la melhor.

Então me lembrei. E fui tomado por uma onda de desânimo.

— Espera aí! Você é a Slindile, como em "Sli e Mfundo". Essa Sli? — perguntei, temendo o que ouviria.

Ela assentiu com a cabeça, mas, justo quando eu estava prestes a desistir, pedir para embalar minha comida e ir embora, ela acrescentou:

— Essa Sli, sim. Mas já faz um tempo que é pós-Mfundo.

Aleluia! Está bom. Talvez eu seja católico demais, mas foi exatamente assim que me senti por dentro.

Tentei me manter composto, embora tenha certeza de que um sorriso esboçava nos meus lábios.

— Eu sei que deveria perguntar o que aconteceu, mas, para ser sincero, não me importo — falei.

— E eu sei que deveria querer te contar agora, mas, para falar a verdade, sei que temos tempo — Que safada...

Gostei dessa garota. Se Grace entrasse no bar naquele momento, eu fingiria que nunca a tinha visto na vida.

Decidi aliviar:

— O mundo é pequeno. Já que Mzi é meu amigo e você é amiga do Mzi, acho que isso nos torna amigos.

Havia muitas coisas que eu queria ser para aquela mulher, mas "amigo" era a última delas. Já me via massageando seus pés depois de um dia inteiro curando os doentes de Joanesburgo.

Naquela tarde, percebi que aquilo que dizem nos filmes é verdade. Às vezes, quando algo maravilhoso (ou trágico) acontece, os sentidos ficam aguçados. E, no meu caso, era algo maravilhoso. E quanto mais conversava com Sli, mais aquilo se confirmava.

Resumo: solteira, uma filha — menina, dois anos, o pai da criança fora da jogada, mas com direito de visita, casa em Rembrandt Park, três meses mais nova do que eu, filha única de pai falecido e mãe dermatologista morando em Fourways (nunca tinha ouvido falar de uma dermatologista negra!), leitora assídua do *Mail & Guardian* e pró-Palestina. Ama comédia — Monty Python e o primeiro Austin Powers são os favoritos.

Groovy, baby.

Eu a encontrei. Era ela. Minha alma gêmea.

Pela primeira vez na vida, estava perdidamente apaixonado.

Sim, me apaixonei. Ali, na hora. Foi a melhor e a pior sensação do mundo — tudo ao mesmo tempo. Senti como se estivesse me afogando na aura dela. E eu adorava isso.

Naquele momento, se Slindile tivesse me pedido um rim, eu teria dado. Não morreria por ela. Eu a amava o bastante para querer viver por ela. Com ela.

Talvez você se surpreenda por eu ter sentido tudo isso em uma única tarde. E, se isso te surpreende, e você está em um relacionamento, talvez devesse sair desse relacionamento. Rápido. Porque o que eu sentia — e ainda sinto — pela Sli, é *amor*.

Talvez também se surpreenda pelo fato de que, com trinta e poucos anos, eu nunca tivesse me apaixonado antes — mas é a verdade.

Já disse a mulheres que as amava, mas sabia muito bem que não era verdade.

Às vezes, até achei que estivesse apaixonado, mas sempre guardei uma parte de mim. Agora, mal tinha conhecido Slindile e já queria me abrir completamente para ela. Bem... exceto talvez quanto à Grace.

Se fecho os olhos, ainda consigo lembrar do gosto do *panino* que pedi, do brilho de seus olhos quando sorria, do ruído de fundo enquanto a conversa fluía. Pela primeira vez, soube que "a pessoa certa" existia. E o nome dela era Slindile.

Ela me lançou um olhar divertido:

— Não que eu não esteja curtindo nossa conversa, mas os intervalos de almoço não costumam durar uma hora? Ou você também já terminou o expediente, como eu?

Levei a mão à testa depois de olhar as horas no celular:

— O tempo voou, nem percebi. Caramba, tenho uma reunião de diretoria em dez minutos. Escuta, será que posso te ligar para gente tomar um *drink*?

Slindile sorriu. E isso me derreteu. Duvidei se eu conseguiria me levantar e sair sem tropeçar. O que estou dizendo? Eu já estava caído: de amores.

— Pode me ligar, mas vai ter que trazer os *drinks* para mim. Lembra que sou mãe de uma criança de dois anos? E preciso aproveitar ao máximo o tempo ao lado ela. — Pegou meu celular e digitou o número. Confiante e inteligente. E eu tinha certeza de que ela estava sentindo exatamente o mesmo que eu. Nunca estive tão certo de algo na vida.

Estava fisgado.

Ao sair, ela gritou:

— Ah, e eu bebo Castle!

Sorri por dentro. Ah, uma garota de classe que bebe cerveja. Acabava de adicionar mais um ponto à sua lista de qualidades: sem frescura.

Cupido, aquele moleque cego do arco e flecha, finalmente tinha me acertado. Sussurrei um agradecimento silencioso ao meu Deus zimbabuano e aos meus ancestrais.

23

Naquela sexta-feira, a reunião de gerência parecia durar uma eternidade. Eu só conseguia desejar que meus colegas parassem de fazer perguntas idiotas disfarçadas de inteligentes para impressionar o Secretário-Geral visitante (ok, o Congwayo não era exatamente um visitante, mas ele passava tanto tempo fora do escritório — ou fora do país — participando disso e daquilo outro, que, quando dava as caras, parecia uma visita mesmo).

Assim que a reunião acabou, liguei para a Slindile.

— Olha, sei que isso vai me fazer soar como um colegial ansioso e pode me tirar alguns pontos no quesito *cool,* mas... posso te ver hoje à noite?

Ouvi a respiração dela do outro lado da linha, antes da resposta:

— Sei que o certo seria dizer que não costumo convidar estranhos para minha casa, mas... por que não? Esse é seu número? Posso te mandar o endereço por SMS?

— Sim. Por favor — respondi, e os dois rimos antes de desligar.

O que ainda restava de trabalho na minha mesa ficou para a semana seguinte. Eram mais de cinco da tarde, mas, pela primeira vez desde que comecei a trabalhar nessa organização, eu saía antes do Secretário-Geral.

Peguei o carro e dei uma passada no shopping de Orange Grove. Quando cheguei à casa dela, carregava uma caixa de doze garrafas de Castle numa mão e, na outra, uma planta em vaso que achei que ela fosse gostar — comprei na floricultura ali perto. Eu estava nervoso.

Mas, assim que entrei, ela me deixou completamente à vontade. Pegou as bebidas, agradeceu pela planta e disse:

— Isso sim é original, sr. Musonza. Já ganhei flores, mas nunca um homem teve o bom senso de perceber que flores morrem e plantas duram mais. Obrigada.

— Está vendo por que você deveria passar mais tempo comigo? — respondi, tentando bancar o confiante. Eu compraria a floricultura inteira se isso garantisse que ela continuasse me olhando daquele jeito pelo resto da vida.

A filhinha dela foi igualmente acolhedora. Quando me sentei no sofá da sala, decorada com um bom gosto absurdo em tons de creme e marrom (o senso estético da mulher não parava nas roupas), a pequena — que eu nunca tinha visto na vida — simplesmente veio e se sentou no meu colo, sorrindo. Eu gostei da imagem que formávamos juntos.

Por um momento, fiquei pensando se a Sli sentia o mesmo que eu. Ou será que ela era apenas uma pessoa gentil, precisando de companhia? Será que ela iria me relegar à categoria "colega de copo"? Eu acabaria virando substituto do Mzilikazi? Aliás, eu ainda não tinha perguntado sobre a relação deles. Seriam amigos do tipo "amigos com benefícios"?

Precisei perguntar:

— Me diz uma coisa... Eu sei que o Mzi saiu da cidade depois do divórcio, e que vocês foram amigos por muito tempo, mas... rolou alguma coisa?

Ela deu uma risada:

— Ah, não. Sempre fomos e sempre seremos apenas amigos. Na verdade, o Mzi é como um irmão para mim.

Excelente.

— Olha, não sei se é uma boa ideia você sair por aí dizendo que alguém é "como um irmão" para você, principalmente se for um homem hétero e de sangue quente. Pode não cair bem — brinquei.

— Então é uma sorte que o Mzi não seja hétero, né? — ela devolveu, sem pestanejar.

Achei que tinha entendido errado.

— Uhhm... eu ouvi direito? Você disse que o Mzi... Não estamos falando do Mzilikazi Khumalo, que era casado e agora está divorciado?

— Não divorciado. A união foi anulada, na verdade. A ex não queria lembrar que tinha se casado com um homem que... digamos... tinha interesses sexuais comuns com ela — respondeu como se fosse o assunto mais banal do mundo.

Fiquei confuso:

— Mas... quando ele soube? Ele não parece...

— ...gay? Todo gay tem que ser afeminado agora? — ela arqueou as sobrancelhas.

— Não foi isso que eu quis dizer, mas... poxa, trabalhei com o cara por mais de seis meses e nunca suspeitei de nada.

— Não se sinta mal. Isso é coisa de homem. O Mfundo era amigo dele desde os oito anos e nunca percebeu nada. Acho que eu fui a única que suspeitou.

— Intuição feminina? — perguntei.

— Algo assim. Agora, a gente vai ficar aqui discutindo o quanto você está chocado por saber que o Mzi é gay ou vamos preparar a comida?

Dei de ombros, pensando: *Inga!* E a gente acha que conhece as pessoas...

Mais tarde ela me contou que o verdadeiro motivo de o Mzi ter saído de Joanesburgo foi porque ele ainda não estava pronto para que o pai — muito tradicional — soubesse da sua orientação, e porque achava que seria melhor para ele e para a ex darem um tempo em tudo.

— Olha, fiz uma salada. Pensei que você podia cuidar do *braai* enquanto eu preparo o *pap* — disse ela.

Fiz cara de indignado, de propósito:

— Uhhm... doutora, com licença? Primeira vez que venho à sua casa e você já está me colocando para trabalhar?

— E tem jeito melhor de fazer alguém se sentir em casa do que botar a pessoa para ajudar? — respondeu ela, sorrindo. Eu queria tanto beijá-la naquele momento. Mas me contive, aceitei a cerveja que ela me ofereceu e a segui até a área externa, onde ficava a churrasqueira.

Tentei me concentrar no que ela dizia:

— Lembro que você disse que estudou em Oxford. Mas ainda é africano o suficiente para saber acender um fogo, né?

Virei para ela e falei:

— Quer saber por que você está solteira?

Ela balançou a cabeça, encorajando a resposta.

— Porque homem nenhum gosta de mulher mandona.

Ela riu:

— E ainda assim tenho a impressão de que você vai me dizer que eu posso mandar em você a hora que quiser. Tudo bem, olha só, se você não sabe fazer fogo, a mulher da casa vai te ensinar — disse, apontando para a filhinha, que aparentemente achou que podia me ensinar uma ou duas coisas e tinha acabado de despejar o saco de carvão no chão enquanto a mãe e eu trocávamos charme. Pensei: *então é isso que significa ser pai?* Peguei os carvões e os coloquei na grelha. Eu poderia me acostumar com aquilo.

Então começou a tocar minha música favorita no rádio. Era uma balada jazz de um cantor sul-africano que não tinha feito sucesso no próprio país, mas agora era famoso na Europa, via Alemanha. A música se chamava "The Way You Are". Era suave e falava do amor de um homem por uma mulher perfeita, que, no entanto, não o amava com a mesma intensidade. O nome do artista era Zizi.

— Nenhuma música me emocionou tanto quanto essa. Linda demais. Esse cara é brilhante, faz a gente querer encontrar essa mulher e dar um jeito de fazê-la se apaixonar por você, se for mesmo tão perfeita quanto ele descreve — comentei com Sli.

— Pois olha só, Tinaye Musonza, é seu dia de sorte. Você encontrou essa mulher — ela respondeu.

— Sei... deve ser tão perfeita quanto ela, mas... — rebati, sorrindo.

— Não. Quero dizer que você encontrou a garota da música. Essa música foi escrita para mim. Ou pelo menos é o que o cantor diz — ela completou. Ela disse isso sem se gabar, apenas informando.

Olhei para ela, desconfiado:

— Está bem, está bem... agora você vai dizer que conhece o Zizi.

— Uhm, na verdade, Tinaye, conheço sim. Ele é o pai da Noma ali. Sabe o "Sli e Mfundo"? Sobrenome Dlamini. Portanto, Zizi. E o nome da filha: Nomazizi.

Como é que é?

— E você está dizendo que esse cara é seu ex? Me diz uma coisa, cara Sli: o que é que vocês mulheres querem? Como é que você deixa ir embora um homem que compõe uma música tão linda para você?

— Talvez eu estivesse me guardando para alguém melhor — disse ela, sorrindo.

Eu me dizia para ir com calma, mas não dava. Só conseguia pensar no tempo que já tinha perdido por não ter conhecido essa mulher todos esses anos em Joanesburgo.

A gente bebeu, comeu, conversou, e eu até troquei a fralda da filha dela antes de colocá-la para dormir e ler uma história. Seja lá qual foi o feitiço de amor que Sli colocou na comida, funcionou direitinho, porque eu nunca tinha feito isso por mulher nenhuma. Quando a Tinashe era pequena e se sujava, eu chamava a empregada. Na verdade, nunca nem tinha cogitado trocar a fralda de um filho meu, se eu viesse a ter um.

Aquela primeira noite foi mágica e marcou o começo de muitas outras igualmente mágicas.

Não. A gente não transou. O que fizemos foi passar a noite toda conversando e tomando umas cervejas.

Ao longo da noite, finalmente ouvi a história do Zizi — ou Mfundo, como ela o chamava. Que babaca. Ou talvez eu estivesse dizendo isso com a raiva justa que todos os homens deviam sentir pelos ex das suas namoradas. Mas, ainda assim — como ele pôde bater em uma mulher como a Sli? Embora, justo seja dizer, ela mesma admitiu que começou a briga de propósito, para provocar. Ainda assim, achei que ele exagerou. Considerando o tamanho e a força dos dois, foi covardia. Enfim, o que ele perdeu, eu ganhei.

Eu queria saber tudo sobre aquela mulher. Queria saber quando ela perdeu o primeiro dente e quando ele nasceu de novo; qual era sua comida preferida; o nome de solteira da mãe dela; o melhor presente de Natal que já tinha recebido — enfim: tudo. Pela primeira vez desde que comecei a trabalhar, desliguei o celular. Nada era mais importante do que dar a ela cento e um por cento da minha atenção (e, claro, eu também não queria correr o risco de a Grace ligar e perguntar onde eu estava).

Passei o resto do fim de semana na casa dela, usando seus pullôvers e só fui embora no domingo porque ela tinha que ir trabalhar.

A segunda-feira me trouxe de volta à realidade com um baque. Eu sempre chegava cedo no escritório. A Grace sabia disso. Decidiu passar no meu trabalho a caminho do dela. Entrou na minha sala e perguntou, irritada:

— Fui à sua casa e liguei o fim de semana inteiro e seu telefone estava desligado. Onde você estava?

Oh, Senhor. Já estava sendo cobrado, e eu nem a havia pedido em casamento ainda. Na verdade, do jeito que meu fim de semana tinha sido, talvez eu nem precisasse mais pedir. Mas ainda precisava ver onde aquilo ia dar com a Sli. A gente nem tinha transado ainda, então eu não podia queimar as pontes com a Grace.

— Ah, caramba. Foi mal, amor. Um amigo meu de Pretória veio para uma reunião. Depois do expediente, ele me convenceu a passar na casa dele. Eu achei que iria só dar um pulo, mas tinham duas boas garrafas de *single malt* e acabei ficando lá o fim de semana inteiro. Você sabe que seu homem ama um bom uísque. Desculpa mesmo ter furado nossos planos e não ter ligado — disse, dando um beijo rápido nos lábios dela.

— E por que você não ligou? — ela perguntou, desconfiada.

Respondi sem hesitar:

— Porque a bateria do telefone acabou, e eu não levei o carregador.

Ela me olhou, querendo acreditar, mas não acreditando.

— Tem certeza de que não estava com outra mulher?

Então era isso que chamam de "instinto feminino"? Fiquei me perguntando o que ela sabia. Mas eu não ia deixar ela arrancar nada de mim. Ia seguir a primeira regra de um homem infiel: negar tudo.

Fingi estar ofendido:

— Você realmente acha isso de mim? Olha, Grace, se a gente não pode ter confiança um no outro, não temos nada.

Foi então que joguei minha carta mais forte de homem culpado: o ataque como melhor forma de defesa.

— Eu confiei em você quando disse que tinha ido a um enterro dois fins de semana atrás, mesmo podendo muito bem estar com um ex. Por que você não pode confiar que eu estava onde disse que estava?

Ela ficou surpresa — como só uma garota não muito esperta ficaria. Certamente, não esperava essa virada.

— Não, claro que eu confio em você. É que eu estava conversando com minha prima no fim de semana, e ela disse que os caras do Zimbábue são famosos por serem mulherengos e depois largarem as mulheres — ela respondeu.

— E essa seria a mesma prima que estava lá quando a gente se conheceu?

Ela me olhou sem entender.

Droga. O fim de semana com a Sli tinha me desregulado todo. Esqueci que a maioria das frases inteligentes passava batida pela Grace. Simplifiquei:

— Olha, querida. Sua prima não estava lá quando eu te chamei para sair pela primeira vez, então eu iria preferir que nosso relacionamento ficasse só entre nós, está bem? E, aliás, se eu fosse esse tipo de cara mulherengo, não teria te ligado com alguma desculpa antes de sair por aí com outra mulher? Mas agora eu tenho um monte de trabalho acumulado, então a gente se fala mais tarde, está bem? — concluí, encerrando o assunto.

Eu tinha vencido. Ela me olhou com um ar de desculpas e disse:

— Olha, Tinaye. Me desculpa mesmo. Eu não queria...

Não a deixei terminar.

— Tudo bem, Grace. Só me deixa voltar ao trabalho.

Foi nossa primeira briga.

Eu sabia que ela provavelmente passaria o resto do dia no trabalho, quando não estivesse ao telefone ou jogando Paciência, tentando descobrir como me agradar de novo. Mas eu não me importava muito. Só queria terminar o que estava fazendo no escritório e, talvez mais tarde, ligar para a Sli para saber como ela estava.

E então recebi uma mensagem da Sli me agradecendo pelo fim de semana maravilhoso. Passamos o dia trocando mensagens. Mandei dois e-mails para ela, e quando ela saiu do trabalho, conversamos no Facebook.

Um cínico chamaria isso de amor nos tempos da gratificação instantânea. Eu chamo de viver e amar como se cada dia fosse o último. Porque, se eu tivesse morrido naquele momento, meu único arrependimento teria sido não ter feito amor com a Sli — mas isso seria compensado pelo tempo que passei ao lado dela.

Eu não conseguia parar de pensar nela. E parecia que ela também não conseguia.

Dois dias depois que saí da casa dela, ela me mandou uma mensagem que até hoje está salva no meu celular. Dizia:

"Você tem ideia do que está fazendo comigo? Quando estou dormindo, sonho com você. Quando estou acordada, penso em você. Quando não estou te mandando mensagem, estou te mandando e-mail. Quando não estou te mandando e-mail, estou trabalhando. Mas sempre, sempre, pensando em você."

Talvez eu não tivesse conseguido expressar com tanta elegância, mas sabia exatamente o que ela estava sentindo. Eu também estava sentindo exatamente a mesma coisa.

Não havia dúvida. Acho até hoje, quando releio essa mensagem: ela era *a mulher certa*.

24

Nas semanas seguintes, eu estava sempre "ocupado demais, fora do país" (nesses dias, eu desligava o celular para passar o tempo com Sli), "ou trabalhando até tarde demais" (enquanto dirigia até Rembrandt Park todas as noites em que Slindile não estava de plantão) e, por isso, não "conseguia" me encontrar com a Grace. Eu havia decidido: com ou sem permissão de trabalho, Sli era a mulher com quem eu queria passar o resto da vida. Esperava que meu silêncio servisse de pista para a Grace. Infelizmente, não serviu. Ela continuava me ligando, perguntando onde eu estava. Eu sempre dizia que estava ocupado.

Você pode se perguntar por que eu simplesmente não terminava com ela. Afinal, eu já estava com a mulher dos meus sonhos, não estava? Se você está se fazendo essa pergunta, provavelmente é mulher. A maioria dos homens — eu incluso — tem dificuldade em terminar com uma mulher. Não conseguimos nos imaginar magoando alguém deliberadamente. Preferimos agir como babacas e torcer para que ela entenda o recado. Ou que nos largue achando que não somos bons o suficiente para ela. Mas Grace NÃO se tocava.

Desde que conheci Sli, é claro que nunca mais fiz nada com a Grace, mas ela continuava aparecendo no meu trabalho de vez em quando, e eu, como sempre, era educado. Notei que Grace, que sempre fora bonita, agora estava ainda mais. Nunca imaginei que fosse possível, mas era.

Slindile e eu finalmente havíamos consumado nossa relação — e foi melhor do que eu poderia imaginar. Pela primeira vez em trinta e três anos, eu entendi o que significava fazer amor, e não apenas transar. O ritmo acelerado do nosso relacionamento fez com que, já no segundo mês, expressássemos a profundidade dos nossos sentimentos um pelo outro.

Isso aconteceu num sábado especialmente constrangedor, quando o ex da Sli, Mfundo, veio da Alemanha com o Mzilikazi, que estava de licença na Cidade do Cabo para resolver uns assuntos de família. Os dois vieram buscar a Nomazizi e me encontraram dormindo nu na cama da Sli (até hoje não sei por que diabos ele abriu a porta do quarto dela). Mfundo e eu trocamos um aceno constrangido e, mais tarde, depois que eu me vesti, juntei-me a ele, a Mzi e à Sli para tomar uma cerveja. Mas eles não foram embora: logo a Buhle, irmã do Mfundo, apareceu com um "só passei para ver como vocês estão", e acabou virando um *braai*.

Durante a bebedeira, a conversa foi parar na xenofobia. Eu me senti em minoria no meio de todos aqueles sul-africanos.

— Eu acho errado, claro — disse Buhle com veemência —, mas a gente precisa entender de onde vem esse sentimento. Tem esses zimbabuanos que são professores e enfermeiros, mas estão aqui trabalhando de domésticas ou faxineiros porque ganham mais do que nos cargos deles no país de origem — e ainda se acham superiores, ficam lembrando toda hora que têm diplomas, que estudaram no sistema britânico bla bla blá...

Ela foi pessoal demais com esse comentário sobre zimbabuanos. Talvez estivesse querendo me provocar? Resolvi não responder, mas percebi que não fui o único a notar. Mzilikazi contestou:

— Ah, Buhle, você não acha que foi pessoal demais?

Ela respondeu:

— É porque tudo na vida é pessoal. A imigração é um problema pessoal para caramba na África do Sul.

— Mesmo assim, Buhle... — ele disse, inclinando a cabeça na minha direção, achando que estava sendo sutil, mas eu percebi e entrei na conversa:

— Ah... Deixa ela falar, Mzi. Eu posso ser zimbabuano, mas não sou nem professor nem enfermeiro, então estou de boa — falei, tentando descontrair.

Slindile interveio:

— Mas é exatamente esse o seu problema.

Todos nós olhamos para ela, sem entender — qual seria o tal problema? Que eu não era professor ou enfermeiro?

Buhle perguntou:

— Qual é o problema?

— O problema é o nosso sistema de imigração. A gente tem um monte de escolas e hospitais precisando de professores e enfermeiros, e temos esses profissionais vindo dos países vizinhos, mas não conseguimos validar essa gente para suprir nossas carências — ela falou com paixão.

Mfundo perguntou:

— E se você mandasse no sistema, o que faria?

Parecia uma conversa que os dois já tinham tido antes. Eu estava começando a me sentir excluído.

E estava certo. Sli respondeu:

— Mfundo, a gente já conversou sobre isso. Eu garantiria que, logo na entrada do país, todo africano declarasse suas habilidades e qualificações. Essas informações seriam lançadas num banco de dados nacional e, quando a pessoa fosse ao Departamento de Assuntos Internos pedir asilo ou qualquer outra coisa, a gente usaria esses dados. Poxa, gente, e você, Buhle, não acha loucura que a gente tenha engenheiros de Camarões servindo cafés enquanto o governo contrata consultores europeus a preços absurdos sempre que uma máquina quebra, tudo pago com dinheiro do contribuinte?

Minha garota!

— Ok, beleza, ponto para você — disse ela, o que significava que não estava reconhecendo ponto algum —, mas mesmo assim... esses caras chegam aqui da África e em três, quatro anos já estão desfilando de BMW, enquanto o nosso povo continua penando.

Por algum motivo obscuro, seja qual tema for — direitos de gênero, racismo, o que for —, a Buhle nunca debate. Ela briga. Se fosse branca, com certeza seria uma das extremistas da AWB. Tanto rancor acumulado... talvez por ser a "filha feia" da família?

Eu estava tentando bolar uma resposta, mas a defesa veio do lugar mais inesperado.

E aí veio o Mfundo:

— Ah, Buhle, você tem ideia de que está fazendo papel de ignorante?

— *Eh wena, bhuti,* agora quer pagar de "Senhor Liberal" só porque o continente está abraçando sua música? Não me venha chamar de ignorante. Se vai discordar de mim, que seja com fatos — respondeu Buhle, irritada.

— Tudo bem. Vou fazer isso. Você conhece a Nosisa, lá da rua do *ekasi hyayi,* né? — perguntou ele.

Parecia que estávamos prestes a assistir ao Show da Buhle e do Mfundo, e o resto de nós só ficava olhando de um para o outro entre um gole e outro da cerveja.

— Claro que conheço a Nosisa. Aquela que é casada com o médico ugandês. E daí? — perguntou impaciente.

Admito que, naquele momento, também não entendi aonde ele queria chegar.

— Pois bem. Outro dia, o seu irmão mais velho, o Sindiso, chapado de alguma coisa, estava falando com uns caras que acham que ele é o grande herói do exílio, dizendo que não aguenta o marido da Nosisa porque ele está tirando o emprego dos sul-africanos. E ele, que se diz africanista! Mas o meu ponto é: você vai notar que todos esses idiotas que reclamam que alguém está tirando seus empregos são, como o seu irmão, largados da escola ou, quando muito, têm só o ensino médio e nenhuma qualificação. Então me diga, minha *sista-wo* — Mfundo zombou, carregando o sotaque nigeriano —, que emprego de médico o seu irmão desqualificado está perdendo?

Mfundo 1. Buhle 0.

Mas não parecia que ia durar muito. Logo Buhle abriu a boca:

— Você não pode julgar todos os sul-africanos que não gostam de estrangeiros com base no Sindiso. Tipo, esses caras chegam e aceitam trabalhar por menos do que os locais, e isso significa que o nosso povo tem que ou aceitar o mesmo valor e viver abaixo da linha da pobreza ou, se não quiser aceitar, ficar desempregado.

Ponto para a Buhle. Provavelmente era por isso que o Congwayo preferia me manter na coleira: talvez não conseguisse convencer um sul-africano com minhas qualificações a trabalhar pelo que eu ganhava. Mas eu não ia dizer nada. Aquele embate entre irmãos estava emocionante.

— Pode até ser. Mas também podemos dizer que parte do nosso povo está presa numa zona de conforto, esperando que o governo ou alguém faça algo por eles — retrucou Mfundo.

— Tipo você, que ficou na aba da Sli por um tempão porque não queria trabalhar e ainda vinha com aquele chororô de "sou um homem sensível, por que não me deixam só lavar a louça e cozinhar?" — atacou Buhle.

Essa doeu. Ponto para a Buhle.

Sli tentou intervir:

— Gente, talvez seja melhor deixar essa conversa para mais tarde. Alguém quer cerveja?

Mfundo ignorou:

— Não, Sli, tudo bem. A minha irmãzinha não vai sossegar enquanto não partir para o ataque pessoal. Na verdade, Buhle, eu não quis dizer naquele sentido. Foi mais como quando eu pedi ao Njabulo — aquele desempregado de 21 anos para quem você andava comprando coisas em troca dele te comer— que cortasse a grama para a mamãe por duzentos *rands* na semana, e ele recusou porque disse que isso era *msebenzi we makwerekwere,* trabalho para imigrante preto.

Ficamos todos em silêncio por um instante. Tirando o Mfundo, todos estávamos envergonhados por Buhle.

Então Mzilikazi caiu na gargalhada e disse:

— Buhle, essa doeu, hein, garota?

— Ah, sei lá do que ele está falando — respondeu ela, mas lançou um olhar fulminante para o irmão.

Sli percebeu que aquilo podia sair do controle. Bateu palmas e disse:

— Certo, não me importa o que vocês digam, mas eu vou pegar mais cervejas. Buhle, vem me ajudar e nem ouse dizer nada sobre eu estar reforçando estereótipos de gênero por te chamar para a cozinha...

— Eu não ia falar nada, está bem? — disse ela, precisando de uma desculpa para se afastar dos homens que provavelmente achava que a tinham atacado.

Assim que ela saiu, caímos na gargalhada.

Era a primeira vez que eu ficava a sós com os dois homens desde a chegada deles. A primeira vez com Mzilikazi desde que Sli me contou que ele era gay. A primeira vez dividindo espaço com o ex da minha namorada — um homem que eu tinha me preparado para detestar, Mfundo. Era para ter sido constrangedor. Mas não foi.

Éramos só três homens se entrosando, rindo e tomando cerveja.

Mfundo foi o primeiro a parar de rir:

— Cara, olha para gente. Somos um trio meio triste, não acham?

Mzilikazi perguntou:

— Triste? Como assim?

Mfundo respondeu:

— Olha só, olha para nós. Um homem gay, zulu, que nunca vai poder apresentar o cara que ama para família; um zimbabuano formado na Europa que continua a ser chamado de "estrangeiro" em solo africano por gente como minha irmã; e eu, um músico de jazz brilhante que só conseguiu fazer sucesso indo para Europa porque ninguém da indústria musical daqui teve coragem de peitar um único homem. Ou será que só sou eu acho que a gente é que nem aqueles versos do Don Mattera, em "Degrees": "não há dor como a de ser rejeitado, indesejado, entre os seus, na sua própria terra"?

Ficamos em silêncio por um instante. Então Mzi assentiu e disse:

— Ah-ha. Então você é mais que um bom par de pulmões para soprar o sax com uma cara bonita. Agora ataca de poesia também!

Nesse momento, olhei para Mfundo, encarei ele nos olhos e disse:

— Sabe, você é um cara bacana.

Confesso que fiquei impressionado com a citação poética. Por alguma razão, eu tinha assumido que ele fosse só um músico meio bobão. Não sei por quê, já que conhecendo Sli como a conheço, deveria saber que ela jamais teria namorado um cara intelectualmente limitado. E ele tinha acertado em cheio.

— Bem, você também é— disse ele. E, em tom mais sério, completou: — Confesso que vim para cá preparado para te odiar, mas acho que eu conseguiria ser seu camarada. E olha que não dá para acreditar sempre na Sli, mas você vem com a recomendação mais calorosa da Noma.

Quem diria? Eu, expressando admiração mútua com o ex da minha mulher, quando tudo que eu tinha sentido até ali era uma antipatia instintiva — provavelmente só porque ele tinha ficado com ela antes de mim.

Na hora de ir embora, Mfundo me puxou de lado e sussurrou:

— Não vou mentir: estou com inveja. A Sli é o amor da minha vida, mas eu vi o jeito como ela olha para você. Você é um sortudo, desgraçado. Ela me disse que se casaria com você num piscar de olhos. Eu nunca consegui nem fazer ela discutir casamento comigo.

Achei que tinha ouvido errado e puxei ele pela manga:

— Casar? Você falou "casar"?

Mfundo entendeu errado:

— Não entra em pânico. Se quiser dizer para ela que prefere ir com calma, tenho certeza de que ela vai entender. A Sli é adulta, e não é de forçar ninguém.

Deixei ele ir embora com seus equívocos. Mas com aquela única frase, o ex dela tinha deixado meu destino claríssimo.

Sli queria se casar comigo.

E não havia ninguém no mundo com quem eu preferisse passar o resto da vida. Agora, eu podia não só ficar com a mulher dos meus sonhos, mas também conseguir os documentos para sair de um trabalho que já parecia uma canga no pescoço. Iria procurar um anel na semana seguinte.

Assim que os dois homens, a irmã maluca e a menininha foram embora, fui até Slindile, olhei para ela e, antes mesmo de dizer qualquer coisa, ela assentiu com a cabeça e disse:

— Eu sei. Também te amo.

Como é que ela fazia isso? Como podia ler minha mente daquele jeito? Eu soube ali, como soubera desde o primeiro dia em que a conheci, que era destino. Só faltava pedir ela em casamento, e a nossa vida seria perfeita. Para sempre.

25

Na segunda-feira seguinte, Grace me ligou perguntando se podíamos nos encontrar. Eu não tinha certeza se queria. Precisava comprar um anel na hora do almoço. Sli sairia do plantão no dia seguinte às cinco da tarde, teria a quarta-feira de folga, e eu havia decidido que não deixaria a oportunidade esfriar: iria pedi-la em casamento no próprio dia seguinte.

— Estou meio ocupado, Grace. Sobre o que é? — falei com a voz entrecortada. Não ligava para ela havia mais de dois meses, apesar de suas tentativas de comunicação. Será que essa mulher não entendia a indireta?

Pelo visto não, porque respondeu:

— Tudo bem, nesse caso vou tirar meio expediente amanhã, e a gente se encontra no Fuel para almoçar.

Talvez minhas atitudes não estivessem falando mais alto do que as palavras, afinal. Suspirei e respondi:

— Tudo bem. Mas... Grace?

— O quê? — ela disse.

— Estou cheio de trabalho, então só posso ficar por uma hora.

— Tanto faz, Tinaye. Você age como se a AfriAID não pudesse funcionar sem você. Está bem — disse, demonstrando certo aborrecimento.

— Então está combinado, te vejo amanhã, uma da tarde — encerrei, desligando em seguida.

Pelo visto, eu teria que dizer claramente que não estava mais interessado e que havia encontrado outra pessoa. Seria difícil. Mas já tinha sido covarde tempo demais e precisava ser honesto com ela. Eu tinha um futuro lindo com Sli pela frente. Ainda bem que Grace tinha sugerido o Fuel. Sempre era mais fácil terminar com uma mulher em público — elas gritavam menos.

Saí do trabalho um pouco mais cedo naquela segunda-feira para comprar o anel da minha Slindile. Não sou muito fã de compras, mas nunca gostei tanto de comprar algo quanto naquele momento. O anel que comprei era de platina, com um diamante cercado por tanzanitas. Claro que não era bom o bastante para ela — nada estaria à sua altura—, mas achei que como anel de noivado, serviria bem. E quando nos casássemos, poderíamos escolher juntos a aliança. Será que estou parecendo um desses bobões apaixonados?

Eu estava.

Ainda estou.

No dia seguinte, com o anel no bolso do paletó, fui encontrar Grace para almoçar. Esperava que fosse a última vez. Ficava tocando a caixinha do anel o tempo todo, buscando coragem para o que eu precisava fazer. Como já mencionei, nunca é fácil dizer a uma mulher bonita que você não está mais interessado. Apesar das conversas monótonas, Grace tinha sido uma ótima companheira durante o tempo em que estivemos juntos.

Quando cheguei ao Fuel, à uma da tarde daquela terça-feira, Grace já estava lá.

Olhei para ela do outro lado da mesa depois que terminamos de pedir as entradas.

Eu ia terminar com Grace — caso ela ainda não tivesse percebido que eu já havia terminado havia tempos —, e depois iria até Sli pedi-la em casamento. Mas talvez fosse melhor deixar ela falar primeiro. Afinal, tinha sido ela quem marcara o encontro.

— E então, senhorita Grace? O que era tão urgente?

Ela respondeu, direta:

— Estou grávida de três meses.

Aquilo foi pior do que eu jamais poderia imaginar.

— O quê? — perguntei, achando que tinha escutado errado.

— Eu disse que estou grávida de três meses, Tinaye.

Eu não a via desde que conheci Sli, e agora ela estava me dizendo que estava grávida de três meses. Puta merda, quantas vezes eu já tinha feito palestras para jovens sobre a importância do uso de camisinhas e, mesmo assim, não segui meu próprio conselho.

Mas por que ela demorou tanto para me contar? Será que havia outro na jogada? Eu sabia que a chance era mínima, mas, no desespero, precisei perguntar:

— E de quem é?

Ela me olhou como se eu tivesse lhe dado um tapa.

— O quê? De quem é? Com quem você acha que eu estive namorando esse tempo todo? Você é um cretino, Tinaye, sabia?

Levantei as mãos em sinal de desculpa. Grace estava falando alto demais e algumas pessoas já começavam a se virar para nos encarar. Perguntei:

— E o que você quer fazer?

— Como assim, o que eu quero fazer? — ela retrucou, como se eu tivesse feito a pergunta mais idiota do mundo.

— Quero dizer, Grace, você quer dinheiro para uma interrupção ou algo assim? Eu tenho um dinheirinho guardado — ofereci.

Ela me olhou horrorizada.

— Aborto? Você ficou maluco? Eu sou cristã, não posso fazer isso. Além do mais, minha mãe já sabe que estou grávida. O que ela pensaria?

Eu deveria ter perguntado se ela havia esquecido que era cristã quando transou comigo antes do casamento, mas não disse nada. Sabia muito bem que manter ou não uma gravidez era uma decisão da mulher no fim das contas. O que me incomodava era não ter tido nenhuma escolha quanto à minha paternidade iminente.

Tive que perguntar:

— E por que demorou tanto para me contar?

— Como assim por que eu demorei? Quantas vezes eu te liguei nos últimos dois meses e você não retornou nenhuma? Quando atendeu, disse que estava viajando ou ocupado, sei lá!

Justo. Eu realmente não lhe dei a oportunidade de me ver ou me contar.

Senti um aperto no estômago. Claro que eu queria ser pai um dia, mas, caramba, não com a mulher errada. Pela segunda vez na vida, pensei que Deus só podia mesmo ser zimbabuano. Mas, dessa vez, por razões completamente diferentes. Só um Deus zimbabuano teria um senso de humor tão distorcido. De repente, as asinhas de frango que eu comia tinham gosto de lixa. Não que eu já tenha comido lixa, claro, mas presumi que teria aquele gosto áspero.

— Então você quer mesmo ter esse filho? — perguntei, ainda nutrindo a esperança de que ela reconsiderasse minha oferta de pagar por um aborto.

Sem chance.

— Claro que quero ter! Por que você acha que eu não teria? — Ela me olhou de perto. — Você não quer?

Forcei um sorriso.

— Só estou dizendo... não se sinta pressionada, sabe? A gente pode pensar com calma. Se você decidir que não é isso que quer...

— Amor, você sabe que eu te amo. Como eu poderia pensar em me livrar do nosso bebê? — disse ela, colocando a mão sobre a minha.

Por um momento, pensei que talvez Grace não fosse tão burra quanto eu imaginava. Aquilo tudo parecia engendrado demais. Vi o olhar malicioso no rosto dela e não tenho a menor dúvida de que engravidou de propósito, porque decidiu que eu era *o homem* dela — assim como eu tinha certeza de que Sli era *a* mulher da minha vida.

— Olha, Grace, deixa eu pensar um pouco e te dou uma resposta. Isso tudo está demais para mim — falei, tentando ganhar tempo.

— Só não demore muito, minha mãe já está se perguntando por que você ainda não mandou uma delegação para falar com a nossa família — ela respondeu docemente.

Olhei para ela. Essa mulher estava louca? Eu não dava as caras há dois meses, e agora ela não só me dizia que estava grávida como, pior, esperava que eu enviasse uma delegação para tratarmos do casamento?

— Como é? — perguntei, confuso. A única mulher com quem eu estava disposto a me casar era Sli. Grace não fazia parte dos meus planos. Nem de longe.

— Você ouviu. A não ser que prefira falar com meu tio Vusi e dizer a ele que não está disposto a resolver a bagunça que você mesmo fez — disse ela.

Eu já tinha ouvido falar do tio Vusi antes e, sinceramente, não queria ter problemas com ele. O tio Vusi, veja bem, era irmão da mãe da Grace e, por acaso, Diretor Geral do Ministério do Interior. Eu não era burro a ponto de me colocar na lista negra de um sujeito desses. E aqui estava eu, entre a cruz e a espada, justo no dia em que achei que seria o mais feliz da minha vida.

Cedi:

— Olha, vou conversar com meu pai e a gente resolve isso. E você, como está se sentindo? — perguntei, tentando parecer preocupado.

Ela respondeu contando dos enjoos e dos desmaios. Metade do que ela falou eu nem ouvi de verdade. Só conseguia pensar em como minha vida tinha virado do avesso em questão de minutos.

Por que eu não usei uma camisinha? Merda. Naquele momento, eu teria cortado o próprio pau por conta dos problemas que me arranjou. Estava furioso comigo mesmo.

Depois de almoçarmos, deixei Grace no trabalho e fui para casa tentar pôr a cabeça no lugar. Não tinha a menor condição de voltar ao escritório com aquela bomba pesando sobre mim. Parecia que meu coração estava sendo arrancado do peito.

Naquela noite, liguei para o meu pai para contar tudo.

Ele não ajudou em nada:

— Às vezes, o certo a fazer não é o que a gente gostaria de fazer.

— Mas eu sei que não vou ser feliz com a Grace. Baba, o senhor precisa conhecer a Sli para entender do que estou falando — tentei argumentar.

Mas meu pai foi categórico:

— Não há o que entender. Se você amasse tanto essa tal de Sli como diz, já teria terminado com a

Grace há muito tempo. Talvez essa gravidez seja o jeito que Deus e os ancestrais encontraram para te mostrar com quem você deve ficar. A mulher a quem você pertence.

Revirei os olhos, tentando achar uma resposta, mas antes que eu dissesse qualquer coisa, ele emendou:

— *Unozvireva sei kuti wawana mvana uchisiya mai vemwana wako? Muchivanhu chedu hatidaro.* Como você vai explicar que se casou com uma mulher que já tem filho de outro, deixando a mãe do seu próprio filho para trás? Na nossa cultura, isso não se faz.

E quando ele disse isso, eu soube que a conversa tinha acabado. Talvez eu conseguisse convencer o meu pai lá dos anos 90, mas este chefe de clã tradicionalista não iria mudar de ideia. Dei um "boa noite" educado e desliguei.

Passei a noite rolando na cama, ainda com a roupa que tinha usado o dia todo, torcendo para que outra solução me viesse à cabeça. Mas a única que apareceu foi justamente a que eu não queria. A que meu pai tinha me dado. Que outra opção eu tinha?

Grace estava grávida do meu filho e parecia feliz com isso. Eu ia ser pai. Precisava assumir a responsabilidade e fazer o que era certo. Claro, Grace jamais seria a grande esposa que Sli poderia ter sido para mim, nunca teria aquela companhia maravilhosa, mas... se eu quisesse uma boa conversa, ainda tinha meus amigos para isso.

Eu sabia também que Grace não me deixaria em paz se descobrisse sobre Slindile. Iria me lembrar disso todos os dias da vida do nosso filho. Ela era desse tipo. E, quando a criança nascesse, ela me arrastaria para o Tribunal de Pensão e botaria a família inteira para me cobrar reparações, esquecendo que foi ela quem escolheu ter o bebê... e que quem teve a vida arruinada por essa gravidez não planejada fui eu. Some-se a isso o tio do Ministério do Interior, e tudo apontava que ficar com Grace era a única saída para mim.

E eu nem podia ter certeza sobre a Sli.

Será que ela ia querer se casar com um homem que já começava o relacionamento cheio de bagagem? Quer dizer, é claro que *ela* tinha bagagem também — mas as mulheres às vezes enxergam essas coisas de outro jeito. Sli era independente. Talvez recusasse minha proposta assim que descobrisse que eu não havia sido honesto, apesar de todas as nossas conversas madrugada adentro.

A verdade é que eu nunca tinha, de fato, terminado com a Grace durante o tempo em que estive com Sli.

Claro, eu poderia mentir para Sli e dizer que Grace era alguém do passado — afinal, nós nos conhecíamos há apenas dois meses e a gravidez já ia pelo terceiro mês. Mas eu já havia mentido o suficiente por omissão. Eu amava a Sli o bastante para contar a ela toda a verdade, nada além da verdade, com a ajuda de Deus (aliás, o que será que acontece no tribunal quando uma pessoa ateia tem que jurar de dizer a verdade, toda a verdade e nada além da verdade?).

Ela ia se afastar, arrasada, mas com dignidade. Sli jamais aceitaria se casar com um mentiroso, um enganador, o que, nos olhos dela, eu sempre seria, então eu seria pragmático: ficaria com a mulher que carregava meu filho e terminaria com a mulher que eu amava.

Eu ia terminar com a Sli. E depois pediria Grace em casamento.

Deitei na cama e chorei por um amor perdido.

Não me animava nem um pouco o que teria que fazer no dia seguinte.

26

Tentei um milhão de vezes, mas não consigo deletar da memória aquele último dia com Sli.

Em algum momento, deitado na cama, refletindo, devo ter adormecido. Quando acordei, já era o dia que eu tanto temia. Levantei, lavei o rosto e fui até Sli, que tinha um dia de folga. Liguei para o trabalho dizendo que estava com dor de cabeça (a maior dor era no meu peito) e fui ao encontro dela, ainda com as mesmas roupas do dia anterior. Quando cheguei à sua casa e toquei o interfone, ela abriu feliz, um sorriso que desapareceu no instante em que me viu naquele estado.

— E agora? Aconteceu alguma coisa? — perguntou, naquele jeito sul-africano típico de fazer uma pergunta antes mesmo de dar "bom dia", sempre que algo parece fora do lugar.

Inclinei-me e a beijei.

— Estou bem, se você estiver também, minha querida. Mas aceito um café — respondi, evitando seu olhar enquanto entrava na cozinha e colocava a chaleira no fogo.

Ela deu de ombros e logo me acompanhou à cozinha enquanto eu preparava café para nós dois. Eu sabia que sentiria muita falta daquilo. Acho que ela acabou relevando meu estado, porque logo já estava falando, animada, sobre as últimas fofocas políticas dos grandes hospitais.

Talvez tenha sido egoísmo da minha parte fazer o que fiz. Mas, sim, nós fizemos. Eu só queria tê-la nos meus braços uma última vez.

Fizemos amor naquele dia. Várias vezes. Durante aquelas horas, todos os pensamentos sobre Grace desapareceram da minha mente. Era apenas eu e a mulher que eu amava, vivendo nosso momento. Mas eu não podia mais adiar. Quando o sol começou a se pôr, iluminando seu rosto de um jeito que a tornava ainda mais linda do que eu já achava possível, enquanto ela repousava em meu peito, senti uma dor aguda no coração e soube que não podia mais enganá-la, nem mesmo por egoísmo.

— Babe? — chamei baixinho. Seus olhos estavam fechados, e eu não sabia se ela estava acordada ou dormindo. E, caso estivesse mesmo acordada, se aquele era o momento certo para falar. Torci para que estivesse dormindo. Droga, talvez eu precisasse de mais tempo.

Mas não escapei. Ela abriu os olhos na hora.

— Sim, Babe... — respondeu.

Prendi a respiração, depois a soltei devagar, querendo despejar tudo de uma vez só.

— Tenho algo importante para te contar — comecei.

Ela me olhou com tanto amor nos olhos e, antes que eu pudesse continuar, disse:

— Sim, eu aceito!

— Sim você aceita o quê? — perguntei, confuso.

Ela sorriu docemente:

— Sim, meu querido, meu doce Tinaye, eu aceito me casar com você.

Caramba. De onde ela tirou isso? Sim, eu tinha intenção de pedi-la em casamento vinte e quatro horas antes, mas agora? Tentei responder:

— Mas... — tentei colocar uma palavra no meio, mas ela continuou:

— Desculpa estragar seu momento, mas eu nunca acreditei nesse negócio de casamento... até você aparecer. E agora... agora você está aqui com uma caixinha de anel no bolso, e eu não posso mais fingir que não sei o que você está prestes a dizer, embora eu tenha tentado me conter o dia todo, desde o momento em que senti a caixinha enquanto tirava sua jaqueta. Ah, eu te amo — disse ela, aconchegando-se mais em mim.

Merda! Eu precisava acabar com aquilo, e rápido. Ia soar cruel, e eu parecia o pior canalha do mundo, mas como explicar que sim, o anel tinha sido para ela, mas que, por conta de outra mulher, eu não podia mais pedi-la em casamento?

Levantei e comecei a pegar minhas roupas, tentando soar o mais casual possível:

— O anel não é para você. É para outra mulher.

Ela me olhou com aquela expressão de quem tem certeza de que você está brincando, e perguntou:

— Para outra mulher... fazer o quê?

Sentei-me na beira da cama e olhei bem em seus olhos.

— Não, Sli. Eu vou pedir outra mulher em casamento. O anel realmente não é para você.

Até aquele momento, eu ainda não tinha certeza do que faria. Mas agora eu sabia. Precisava fazer o que era certo com a mulher que estava esperando meu filho, por mais que isso me matasse por dentro. Meu pai tinha razão. Como explicar que casei com outra mulher e ajudei a criar o filho de outro homem, enquanto a mãe do meu próprio filho estava sozinha?

Vi o rosto dela se desfazer. A beleza que eu via virou algo terrivelmente triste por um instante. Mas ela recompôs o semblante e disse com calma:

— E se importaria em explicar?

Eu teria morrido por ela naquele momento. Como podia ser tão calma? Por que ela não gritou, não correu para cozinha para pegar uma faca e enfiá-la no meu peito? Porque, olhando para ela, era como se eu mesmo tivesse feito isso comigo. Mas ela apenas me olhou e fez um gesto com a cabeça, pedindo que eu continuasse.

E eu contei.

Quando terminei, ela disse, ainda com aquela calma:

— Então você está me dizendo que durante todo esse tempo em que estivemos juntos, você mantinha um caso clandestino com essa tal de Grace?

Bem... talvez a própria Grace achasse que era Sli quem estava tendo um caso clandestino comigo. Mas eu não ia entrar nesse detalhe agora.

Balancei a cabeça:

— Bem... não exatamente. Eu só... nunca terminei com ela.

É. Como se isso fizesse alguma diferença.

Sli revirou os olhos e retomou o interrogatório.

— E agora ela está grávida? — perguntou de novo, como uma promotora diante de um réu por assassinato. E, naquele momento, foi exatamente como me senti: um assassino. Estava matando o único relacionamento que realmente significou algo para mim.

Fiz que sim, com a cabeça.

— Então por que ela simplesmente não interrompe a gravidez? Ou deixa eu adivinhar: ela é cristã?

Assenti mais uma vez.

— Certo. Então, se você comprou o anel para mim, e diz que me ama (e eu sei que ama), por que simplesmente não termina com ela, paga a pensão quando o bebê nascer e seguimos com nossas vidas?

Voltei à vida.

— Espera aí... Você estaria disposta a se casar comigo mesmo depois de tudo isso?

Ela sorriu. Um sorriso que não chegou aos olhos. Parecia incerta sobre o que ia dizer, mas precisava deixar claro:

— Você teria uma eternidade para compensar isso, mas... sim. A questão, Tinaye, é que o que a gente tem não aparece todo dia. E eu quero dar uma chance para gente. Quero estar com você. E sei que você também quer. Não podemos deixar um acidente de esperma impedir nossa felicidade.

Foi tentador. Meu Deus, como eu queria aquilo.

Segurei a mão dela e olhei em seus olhos.

— Nunca te amei mais do que agora. Essa foi a coisa mais doce que alguém já me disse. Mas Sli, a gente não pode. Eu te amo, mas preciso fazer o que é certo.

Ela retirou a mão:

— O que é o certo? O amor e a nossa felicidade não são o certo?

— Você não entende, amor. Meu pai não vai mais falar comigo se eu escolher me casar com você e cuidar do filho de outro homem, em vez de casar com a mãe do meu filho.

As xícaras de café estavam sobre a cômoda. Slindile pegou uma e atirou contra a parede, depois me encarou e, com a voz baixa mas cheia de fúria, disse:

— Vai à merda, Tinaye. Você e esse tal de "certo". Vai mesmo deixar seu pai lá no Zimbábue controlar sua vida aos trinta e três anos?

Interrompi:

— Você não entende...

— Ah, mas eu entendo sim, meu bem — disse esse "meu bem" com veneno nos lábios. — Ficou pagando de bom moço dizendo que a Noma era sua primogênita, e agora lembrou que ela é filha de outro cara? Por favor, sai. Vai embora.

Disse como quem enxota um cachorro da sala. Acompanhou-me até a porta em silêncio e, antes de fechá-la, disse:

— Você está morto para mim.

Essas últimas palavras foram cruéis. Cruéis demais para quem a amava — para quem ainda a ama. Eu teria feito qualquer coisa para apagar a sua dela, mas o que eu podia fazer? Eu tinha um filho a caminho, e o dever mandava que eu fizesse a coisa certa pela mãe da criança.

Caminhei em direção ao carro, ao entardecer, sabendo que nunca mais seria o mesmo. Tudo o que eu amava tinha ficado na casa de Slindile. Não ajudou em nada o fato de que, ao ligar o motor, o rádio acendeu sozinho e começou a tocar a voz sofrida do Bon Jovi: "Always".

É. Esse Romeu aqui estava sangrando de verdade. O destino, cruel como só ele sabe ser, me arrancava dos braços da única mulher que eu já amei.

27

Quinta-feira

Aqui sentado neste quarto de hospital, fico me perguntando: minha vida teria sido diferente se eu fosse sul-africano, branco — ou os dois? E, invariavelmente, a resposta que me vem à cabeça é um retumbante "SIM".

Se eu fosse sul-africano, nunca teria sentido necessidade de começar um relacionamento com a Grace. Se eu fosse branco, o Departamento de Assuntos Internos teria agilizado meu pedido de residência, e eu não teria perdido a única mulher a quem amei.

Mas, do jeito que foi, cá estou: casado com a Grace, tentando encontrar coragem para demonstrar empatia pelo que acabou de acontecer, quando tudo o que consigo sentir é pena de mim mesmo.

Parece um desperdício tão grande. Talvez eu devesse ter aceitado a proposta da Sli naquele último dia e me casado com ela. Com certeza sinto mais falta dela do que sentiria da relação com meu pai. Aliás, por mais que ele tenha insistido para que eu me casasse com a Grace, ele nem gosta dela. Acha que ela é "comum demais", por mais bonita que seja. E nem me fale da minha mãe. Ela já avisou que, enquanto ela e Grace estiverem vivas, não pisa na minha casa.

A Grace, claro, decidiu que a nossa casa é uma espécie de ponto de parada para todos os seus parentes vindos da província do Free State. O que talvez funcione a meu favor, porque passo menos tempo a sós com ela. Embora ela nunca perca a chance de contar, bem alto, para todo mundo como minha família a odeia e não a considera boa o bastante para mim.

Estou parecendo infeliz, não é?

É porque estou.

Estou neste hospital porque o meu filho com a Grace nasceu morto. Isso mesmo. A razão do meu casamento com uma mulher que eu não amava, a razão de eu ter deixado a única mulher que de fato significou algo para mim... simplesmente deixou de existir.

Não consigo evitar a sensação de que esse natimorto foi a forma que Deus encontrou de me punir: por ter magoado a Sli; por ter me magoado.

É verdade, hoje tenho um emprego melhor, graças ao visto de residência. E posso me afundar no trabalho para evitar ficar preso em casa com a minha esposa. Mas mesmo assim, pensar nisso ainda dói.

A razão pela qual eu deixei a mulher que amava e pedi a Grace em casamento, o bebê, nunca se concretizou. E agora estou preso a ela, pelo menos pelos próximos três anos, que é o tempo mínimo para poder solicitar a cidadania com base no casamento.

Penso na Sli o tempo todo. Chego a ligar para ela uma vez por semana com número privado, só para ouvir sua voz. É infantil, talvez até psicótico, mas escutar aquele "alô" suave antes de desligar sempre me ajuda a suportar mais uma semana ao lado da Grace.

Tenho a vida que, no início, achei que queria. E, mesmo assim, não tenho. A Sli não está comigo.

Como é possível me sentir tão infeliz, tão exilado, aqui mesmo em solo africano?

Esses pensamentos todos me invadem enquanto saio do hospital, onde a Grace ainda se recupera. Sinto como se tivesse sido espancado por sentimentos.

Não sei exatamente por que estou fazendo isso, mas faço.

Talvez seja a minha forma de tentar alcançar, no momento da minha dor, aquela que, eu soube desde o começo, foi *a* mulher certa para mim.

Mando uma longa mensagem para Slindile:

Os italianos têm um ditado agridoce:
L'amore fa passare il tempo.
Il tempo fa passare l'amore.
Você me fez perceber que a segunda
parte não é verdade.
A vida não tem sentido sem você.
Sinto sua falta.

Agora... espero a sua resposta.

Notas

1 "Charteristas" eram os simpatizantes da "Freedom Charter" (Carta da Liberdade, 1955) e do Congresso do Povo, que mais tarde tornou-se a base do ANC (Congresso Nacional Africano). Seus opositores eram os "Africanistas", que romperam com o ANC e criaram o PAC (Congresso Pan-africanista), mais radical. O ANC, que já foi liderado por Nelson Mandela, é ainda hoje o partido dominante na África do Sul.

2 P.W. Botha (1916-2006), presidente da África do Sul (1978-1989), foi um dos principais defensores do apartheid, promovendo reformas limitadas que mantinham a exclusão da maioria negra.

3 Polícia política do apartheid, para opressão e repressão dos que criticavam o regime.

4 A Truth and Reconciliation Commission (TRC), criada em 1995 sob liderança de Desmond Tutu, foi o principal mecanismo de justiça transicional na África do Sul, encarregada de investigar violações de direitos humanos ocorridas durante o apartheid.

5 Z3: referência ao terceiro estágio, geralmente terminal, da AIDS.

6 Francis Kwame Nkrumah (1909 – 1972) foi líder da independência de Gana e promotor do pan-africanismo.

7 Shangaan: etnia de idioma tsonga habitante no nordeste da África do Sul, Zimbábue e Moçambique. Referência à Guerra Civil Moçambicana pós-independência.

8 Robert Gabriel Mugabe (1924–2019) foi líder da independência do Zimbábue e governou o país até 2017. Inicialmente celebrado como herói anticolonial, tornou-se um dirigente autoritário, reprimindo opositores e imprensa. Suas declarações e políticas homofóbicas renderam forte condenação internacional. As reformas de redistribuição de terras levaram ao colapso econômico, hiperinflação e crise humanitária, afetando até famílias da elite do Zimbábue, como a de Tinaye.

Glossário

Amalahle *(zulu/xhosa)* Carvão.

Askies *(afrikaans)* "Desculpa", "foi mal", "com licença".

Braai *(afrikaans)* Churrasco típico sul-africano, geralmente feito ao ar livre.

Bhuti *(xhosa/zulu)* "Irmão"; termo de respeito e camaradagem, equivalente a "mano" ou "bro".

Doek *(afrikaans)* Lenço de cabeça feminino, usado em contextos religiosos ou de afirmação identitária.

Eish *(tsotsitaal / inglês sul-africano)* Interjeição: "caramba!".

Ekasi/Kasie *(zulu/xhosa, via tsotsitaal)* Township, favela, bairro periférico.

Emakhaya *(zulu/xhosa)* Rural, tribal, não aculturado/urbanizado.

Hhayi mhan *(zulu e tsotsitaal)* "Não, mano!", "nem pensar, cara!".

Heita *(tsotsitaal)* Saudação: "oi", "e aí", "salve".

Hhayi, Mntungwa *(zulu)* "De jeito nenhum"

Hoezit *(afrikaans)* Saudação: "como vai?", "tudo certo?".

Hotnot *(afrikaans, termo pejorativo)* Designação racista para pessoas de origem khoisan ou mestiça.

Ibujwa *(tsotsitaal)* Poderosa, rica, patroa.

Ilobolo / Lobola *(zulu/xhosa)* Dote pago pelo noivo à família da noiva em casamentos tradicionais.

Inja yam' *(zulu)* Literalmente "meu cachorro". No uso coloquial: "meu parceiro, meu irmão".

Isitabane/Isthabane *(zulu)* Termo pejorativo para homossexual.

Ja *(afrikaans)* Sim.

Ja meneer, nee meneer *(afrikaans)* "Sim, sinhô; não, sinhô".

Jozi *(tsotsitaal)* Apelido para Joanesburgo.

Kak *(afrikaans/tsotsitaal)* Merda, cocô.

Kasie/Ekasi *(zulu/xhosa, tsotsitaal)* Township, bairro periférico do apartheid; também como expressão de identidade urbana.

Ke *(tsotsitaal)* Usada para dar ênfase: "né?", "então".

Kwérekwere *(tsotsitaal/gíria)* Termo depreciativo associado à xenofobia contra imigrantes africanos.

Lenja leno *(zulu)* "Esse cachorro aí" (usado como xingamento).

Magents *(tsotsitaal)* "Rapazes", "galera".

Maas *(afrikaans/zulu)* Leite coalhado.

Madam baas *(afrikaans)* A patroa (branca), a chefe, a sinhá.

Mngqusho ou **Mphokoqo** *(xhosa)* Prato de milho cozido com feijão.

Mkhukhu *(zulu/xhosa)* Barraco em assentamentos informais.

Muso *(zulu)* Literalmente "reino". "Bonitão", "galã".

Mntungwa, kus'emakhaya la "Mntungwa [nome tribal] estamos no campo, no interior".

Ndoda/Indoda *(zulu/xhosa)* Homem; usado como vocativo: "cara".

Ndigrand *(xhosa)* "Estou bem", "tudo certo".

Ngamla *(zulu/tsotsitaal)* "Patrão", "bacana" (originalmente tratamento dado aos brancos)

Ngifuni kucama *(zulu/tsotsitaal)* "Não estou mais aguentando."

Pap e vleis *(afrikaans/zulu)* Papa (angu de milho) com carne.

Rizla *(inglês)* Papel de enrolar cigarro.

Shebeen *(irlandês)* Bar popular, originalmente clandestino, associado à resistência cultural e política durante o apartheid.

Sishweshwe *(sotho/xhosa/zulu)* Tecido tradicional estampado, símbolo cultural, usado em roupas cerimoniais.

Sista *(inglês/tsotsitaal)* Irmã; usado no sentido de "amiga".

Skeem sam *(tsotsitaal)* Parceiro, "meu camarada".

Tjhoo *(tsotsitaal / zulu)* Interjeição de surpresa, "nossa!".

Township *(inglês)* Bairro periférico criado sob o apartheid, para os negros e "coloured".

Tsotsi *(tsotsitaal)* Malandro de township; sujeito marrento.

Ubuntu *(zulu, xhosa, ndebele)* Solidariedade, comunhão.

Umcimbi *(zulu/xhosa)* Evento, cerimônia ou ritual comunitário.

Umqombothi *(zulu/xhosa)* Cerveja tradicional feita de milho e sorgo; consumida em rituais e encontros comunitários.

Uyazi? *(zulu/xhosa)* "Você sabe?".

Voetsek! *(afrikaans)* "Cai fora!", "some daqui!".

Wena *(zulu/xhosa)* "Você"; usado tanto de modo acusativo.

Wena msunu ka nyoko *(zulu/xhosa)* Insulto grave, literalmente: "vá para a vagina da tua mãe".

Yini manje? *(zulu)* "O que foi agora?"

Zambuk *(marca)* Unguento herbal popular na África meridional.

Zol *(tsotsitaal)* Cigarro de maconha.

© Zukiswa Wanner

Tradução Julio Silveira
Revisão Nicole Ferreira

Dados Internacionais de Catalogação na Publicação (CIP)
(Câmara Brasileira do Livro, SP, Brasil)

Wanner, Zukiswa

Homens do sul | Zukiswa Wanner ; tradução Julio Silveira. — Ímã Editorial [Livros de Criação], 2025

Título original : Men of the south
ISBN 978-65-86419-63-4

1. África do Sul. 2. Ficção sul-africana I. Título.

CDU 25-299506.0 CDD AS823

1. Ficção : Literatura sul-africana AS823
Eliane de Freitas Leite CRB-8/8415

Impressão e Acabamento | Gráfica Viena
Todo papel desta obra possui certificação FSC® do fabricante.
Produzido conforme melhores práticas de gestão ambiental (ISO 14001)
www.graficaviena.com.br